U0133049

年华，恍然

Where did the years go

麻宁 ／著

重庆出版社

图书在版编目(CIP)数据

年华，恍然／麻宁著．—重庆：重庆出版社，2005.10
ISBN 7-5366-7319-1

Ⅰ．年…　Ⅱ．麻…　Ⅲ．①中篇小说－作品集－中
国－当代　②短篇小说－作品集－中国－当代
Ⅳ.I247.7

中国版本图书馆 CIP 数据核字(2005)第 092317 号

NIANHUA HUANGRAN

年华，恍然

麻　宁　著

责任编辑　陈建军　石　涛
特约编辑　王　勇　白　兰
封面设计　门乃婷装帧设计

重庆出版社出版、发行
（重庆长江二路 205 号）
新 华 书 店 经 销
特约经销　北京华章同人文化传播有限公司
电话　010—65949715/16/17—810
三河宏达印刷有限公司　印制

开本 787×1092　1/16　印张 10.5
字数 150 千字
2005 年 10 月第 1 版
2005 年 10 月第 1 版第 1 次印刷

ISBN　7-5366-7319-1/I·1267
定价：20.00 元

自序

　　这是自己的第二本书，早就有朋友在催问书名。一朋友劝我说，再也不要起那冗长深奥的名字了，否则不好卖哦。自己心下却在暗暗发笑——我原是早拟好了的，叫"宁夏"便是了。

　　宁儿写在夏天的文字。我的读者们看到它们想必也是在夏天吧！就是这样，如此而已。

　　其实写这本书的时候一直在播放梁静茹的《宁夏》。很明快很简单的小曲子，民谣式的直抒胸臆，以至于我只听了一遍就能跟着全部唱下来。听的时候就在想：我的下一本书，也要写些这样的文字吧，无关激烈与痛楚的，无关冷漠与绝望的。通通是人生中的好年华，通通是岁月里的好回忆。

　　很多人说我是个有着温暖笑容与清冷眼神的女孩，我想大概是吧。可是这个夏天，宁静的夏天，天空中繁星点点，温暖融化了清冷，欢快压倒了凄绝。就是这样的夏天，也姑且让我奉献这样的文字吧。

　　可是将近出版的时候，关于书名的问题有了一点儿变化。《宁夏》这个名字被认为太过晦涩、太过迷离了，于是改作了现在所看到的这个名字——年华，恍然，年华是浅淡的恍然，恍然在年华中的每一个小片段，也许和宁夏擦肩而过的感觉就是如此吧！

麻宁

2005.8

目录

搏

后海附近有很多大大小小风格不一的静吧，"水色盛开"在里面要算是极其普通的一家。它装修平常，音乐习见，就连老板也是没什么性格的人。可是没事的时候我和卓群经常跑到那里去杀时间，为的是它有一个好听的名字。在"水色盛开"里和卓群默默相对，一坐就是一个下午或者一个晚上，看着这么英俊的男子被拢入自己的石榴裙下，不免暗自得意，笑得也容色盛开。

那天下午和卓群又是在那里泡着，一本《华夏人文地理》都要翻烂掉，不知道说些什么七零八碎的话，可是并不觉得无聊。这是只有和卓群在一起才会有的感觉。

妙妙那个丫头竟然肯放你出来？卓群笑问。

是。她跟黎剑的冷战又结束了，两人好得成天黏在一块。寝室都少见这丫头，自然没工夫缠我了。我也笑。

一对冤家。现在妙妙和黎剑的纠纷都不成为纠纷了。卓群手指在咖啡桌上一画，手指纤细修长，好看得很。

吐口气感慨感情世界奇妙复杂，我这样庸常清高的女子居然可以觅得卓群这样俊拔出众的男子，妙妙那般没心没肺的丫头竟然也可以跟黎剑那样英挺帅气的大男孩打得火热。别过头望望窗外，却是一个美艳女子盈盈走过。不用细看也能知道是馨婷，那个骄傲美丽艳冠全校的公主，永远仰着白雪公主一样纤长的脖子眯缝着眼睛看男生的出挑女子。

1

有时候我在想老天怎么可以造就那么多不一样的女子，即令在外在方面有诸多相似之处，内里也是千差万别，就好像妙妙和馨婷，同样是一见之下让我惊艳的女子，为什么一个单纯明朗一个复杂若斯。

我听说她是有男友的。卓群说。

是那个冤大头的帅哥。我知道，斯凯而已。那个高大英俊的家伙本该成为一个幸福地被小女生追到死的王子，可谁让他碰到馨婷。他不是她的对手。不堪众多青蛙打扰，临时抓一个挡箭牌，一有好的马上扔掉，遇了下一匹白马这一个也不过是青蛙。馨婷的意思不外乎这样而已。没有谁对我这样说起过，我跟她也不熟，可是直觉，女人的直觉让我觉得馨婷的目的就在于此。不知道为什么有时候总想有一个机会和这个女人进行一场争战，毫无来由地。

对白之间，她已走远。

忽然感到身边的一切无聊烦闷。发现自己为了馨婷的离开而兴味索然。

走吧。我对卓群说。

回到寝室第一件事就是插好笔记本聚精会神地敲东西，白色钢琴漆的机身，冰蓝色的屏幕让我觉得非常安心。我是个恋旧的人，这么多年了屏保都没换过，是四年前初识时卓群的笑脸，在阴晴雨雪中陪伴了我一千多日的光阴。

回想那一日我正沦陷在昏天黑地的高三里，每天跟惨无人道的数学卷子较真，为的是能考上一所理想的大学。那个时候卓群横插一杠地就转到我们班了，不打招呼地就抢走了我的第一名，不过也不动声色地就俘虏了我的心了。后来两个人双双考来这让多少人艳羡的大学，然后就在里面跟两坨淤泥一样混日子，杀时间，每天自以为很拉风地东游西逛了。

回头想想，竟然已经过去那么久了。

又对着你家卓群闭门造车啦？是妙妙回来了。她总是不放过任何打趣我的机会。

　　我还没做声你倒先嚷嚷。跟你们黎剑到哪儿甜蜜去了？

　　妙妙的脸色一下黯淡下来，眼泪打了几个转终于还是下来了。

　　说好一起去嘉年华杀时间的。我等了他一个多小时他突然打电话说临时有急事来不了。他最近总是这样。妙妙脸上的委屈一览无余。

　　别难过，或许他家里有事情。你该多关心他一下。我安慰妙妙。

　　但是同时，没来由的，我有种不妙的预感。我觉得黎剑那边的情况没这么简单。

　　隔天跟卓群再到后海的时候，迎面撞上黎剑。

　　呵呵。他对我们笑。

　　妙妙还好吧？不要玩得太开心哦。我抢先问他，然后丢下一个冷笑拉着卓群一闪而过。

　　去的依然是"水色盛开"。端着三色冰球我突然觉得它很像一个事关爱情的譬喻。我隔着一张桌子抓住卓群的手。卓群，你知不知道妙妙跟黎剑最近有问题？

　　他的目光依然是那样简单明澈。这个不会怀疑的孩子。这个眼睛里只有真诚没有城府的孩子。我甚至不敢告诉他自己此时的想法。

　　我怀疑，当然不只是怀疑——我尽量小心地措辞——黎剑和馨婷在一起。

　　黎剑和馨婷？这不可能吧？有什么理由呢？卓群的反应在我的想象之中。

　　你是否还记得那天我们在这里碰上馨婷？事隔一天，在同样的地方碰上黎剑。

　　你觉得这个理由足够充分吗？卓群摇着头问。

　　我面无表情。难道凭咱们的交情你还不了解黎剑的性格？他是那种只喜欢去嘉年华电玩城麦当劳的大男孩，和妙妙天生一对的活宝。你觉得

3

以他的性格没事他会到后海这种地方？而且还是一个人？最多去三里屯也
就到顶了吧？

　　我看到卓群眼睛里面的困惑。其实除此之外我也没有太多的证据，所
以我知道你不相信我。可是早晚有一天你会相信我的直觉。玄妙的感觉有
时候往往比缜密的推理更准确。

　　依然是回宿舍。这次妙妙比我先回。偌大的宿舍里只剩了我们两个。
其实宿舍无论如何也称不上大，只是老大家在北京，隔三差五回家住，老
二和老五要考研在外面租房子，老四早和男友过上了甜蜜的二人生活，就
只有我和最小的妙妙天天做着留守者。

　　妙妙看过去很烦，脸色很差。面前的桌子上满是掉落的头发。一看
就知道跟黎剑有关。

　　我走过去拍拍她肩膀："小丫头，别不开心。"

　　简佳，你是最聪明的，你告诉我，黎剑他为什么总是爽约？

　　我摸摸她的头发，什么都没说。

　　我知道一切现在都还不适合说出来，即使我看到了什么，猜到了什
么，抑或是感觉到了什么。

　　待妙妙情绪好转些，她告诉我一个消息，校际的辩论赛要在下月初
召开。

　　简佳，咱们系除了你就没人能参加了。妙妙怂恿我。

　　搞什么搞？现时是九月十九号，十多天的时间，准备校际的大赛，算
准要让人累到吐血？

　　一贯喜好与人争锋，这点本性到底掩饰不住，少不得又问，初赛咱
们对阵哪个系？

　　外语系，自然少不了方馨婷出征。妙妙的回答倒是干脆利落。

　　一股异样的情绪陡然升腾，下意识咬了咬嘴角：如何报名？我参加。

生平除了高考似是再没这般忙碌过，成日昏天黑地地查资料，背词，破题，立论，还要站在对方的角度想可能遭遇的诘问。丢开了专业书，丢开了手头正背的《GRE词汇》，满心满脑子想的都是辩论，辩题，辩手。

卓群一天到晚陪着我，帮我做这些工作，有时候还当当我的陪练。他是严谨认真的人，有时候选的好多材料比我想到的更富逻辑性和攻击性。

是个好男人，我当珍惜。很多时候我也在想。

更多的时候我在追问自己何以这般关注方馨婷，难道只因外语系和中文系是学校里面的宿敌，还是因了方馨婷本人？——我跟她往日无冤，近日无仇，可为什么有时候跟她较劲的感觉像对付当年的数学题？

"十一"长假过完学校里的教学和活动一切就绪，八号晚上就是外语系和中文系的辩论对决——我更愿意相信它是我跟馨婷两个人之间的对决。

比赛在当晚的七点正式开始。六点四十我到了赛场——学校的小礼堂，这个我无比熟悉的地方。从大一开始我跟卓群就在里面厮混，看过三块钱一场的电影听过国外大学教授的讲座参加过校园歌手大赛。一转眼我们都老了，可小礼堂还是那么人声鼎沸，从不见消停。

我到的时候台下的观众已经坐满了，有本年级的各路神仙，有下面几届的师弟师妹，有参赛选手的死党粉丝。一眼就看见妙妙，捧着一袋奇大无比的爆米花在观众席第三排正中一边往嘴里塞一边跟我招手。妙妙左边有个空位，一看就知道是给黎剑留的。右边是卓群，他朝我默契地笑笑，伸出右手比划了个"V"字，眼神深邃得动人得不得了。

还看到第二排靠右一点的地方坐着斯凯，这个徒有其表的可怜虫。

方馨婷却还没来，比我架子还大，算准了要端足那个"范儿"摆摆校园风头人物的谱。好吧，早来的是我，早来的气定神闲，早来的胜券在握。

十分钟后方馨婷到场，比赛很快正式开始。

辩题是事先抓阄抽到的——"美是客观存在还是主观感受"，外语系是正方，力持"美是客观存在"。我们中文系自然要大唱反调喽。其实辩论不过是搞搞文字游戏，拿些模棱两可的话题搞场 TALK SHOW 取悦取悦观众罢了。

这道理我打初中一年级代表学校参加市里的中学生辩论赛就悟到了，可是这么多年了，对这营生还是乐此不疲。不过话说回来，也正是因为悟出了这个道理，历来我都有办法想出各种招数讨观众和评委欢心，于是历来在辩论场上我都所向披靡。

今天算是又一次遇到对手了——方馨婷是正方二辩，我是反方三辩。在整个辩论赛中最针锋相对的攻辩环节，正二和反三自然又少不了针尖对麦芒了。

先是例行公事的破题陈词，双方一辩都搬出事先准备好的大话套话排比句反问句一通狂飙，台下是"雷鸣般的掌声"，我却听得昏昏欲睡。斜瞥一眼方馨婷，她也是一样。然后到了攻辩环节，我方二辩奋然而起，"啪啪啪"三个问题干净利落地甩给对方一二三辩，掷地有声，气势逼人。三个问题中倒有两个是卓群帮着想的，若非他是力学系的，此时真该坐在我边上反方二辩的位置上呢。不过外语系也不是草包，毕竟当年都是高分招上来的，三个问题一一接招，虽不能说尽善尽美，倒也无大破绽。看着对方如此滑头地躲过了当头三棒，我有些担心起来。方馨婷对我方的盘问还没开始，鬼晓得她会提些什么样的问题，鬼晓得我们队能不能接过这几招。

方馨婷长身而出，一甩头发——那自然是美女发话前必有的程式了，清清嗓子朝我方二辩撂来一枚炸弹："请问对方二辩，一个诚实的人所焕发出来的内在美，是不是会因为你的主观改变而随意改变呢？"

够分量，够凌厉。还好我的队友也不是省油的灯，一句赵传的歌词便轻轻挡了回去。方馨婷初战无果。第二个问题自然是指向我，方馨婷眼睛直勾勾地盯了我至少20秒，全场鸦雀无声。我觉得场上安静得让人都要窒息了，谁猜得透方馨婷下一句要问什么呢？

然后方馨婷清晰地吐出一句在所有人听来都石破天惊的问题："请问对方三辩，我美不美？"

场上一片哗然。开始有人从小声到逐渐高声地议论："原来外语系和中文系派方馨婷和简佳就是因为她们是美女，比较符合辩题呢。""这年头辩论真够新潮，连这样的问题都问得出！"

小礼堂里一片骚动与混乱，可此刻我的大脑却前所未有地清晰。我几乎是不带停顿地回答说："对方二辩非常美，但这个观点只代表我个人的感受，有没有人认为对方二辩不美呢？据我所知有人根据对方二辩平时的生活做派，从自己的主观感受出发作出过对方二辩不美的评价。那么对于这种人我们是不是要踏上千万只脚让他永世不得翻身？现在对方二辩的男友也在场上，尽管他对对方二辩的平素行为也有所耳闻，但他一定是认为对方二辩美得不得了。如果美的标准是客观的话，你只要拿美的客观标准衡量一下就可以了，那你何必问我你美不美，又何必问大家你美不美呢？"

台下是暴风雨般的掌声。不用说我已经可以想见自己刚才那一席话的表现怎么样了。再看看对面的方馨婷，一向面若桃花的她此刻脸色惨白。

过瘾。解气。

我朝观众席中的妙妙特地望一望。妙妙，我替你报仇了。

那天比赛整个都进行得非常精彩，观众评价是看过的最好的一场。结果是中文系以微弱优势胜出，但是大家都反应说对我那番回答方馨婷诘问的话印象非常深刻。

散场的时候迎面碰上方馨婷。我冲她洒脱地笑，想来她瞧在眼里是副胜出者的姿态。她例行公事地朝我投来一个没有内容的笑，然后一甩齐

7

腰的长发抢在我前面离开了小礼堂。

倒可怜了跟在她后面手忙脚乱的斯凯了。

可是一转身，眼前恍恍惚惚地闪过一个熟悉的高大身影，然后和馨婷一起不见了。

事后回到宿舍，妙妙在那里絮絮叨叨地重复我今天的表现。起身时的利落，接招时的圆转，发问时的咄咄逼人，自由辩论时的来势汹汹。我禁不住哑然失笑："小姐，你这样卖力地推销，我可是不给一分钱的提成的喔。"

妙妙便是这样的真情真性："谁要你的提成？简佳你这是看不起我！咱们当了都快四年的铁杆了，简佳你牛还不就跟我牛一样？还有还有，你有没有看到今天晚上方馨婷那张脸呦，简直是比死人还难看！"

一席话提醒了我，我正色道："妙妙，今天晚上黎剑怎么没到？我看你边上那个空位子最后还是空的。"

妙妙正说得兴兴头头，忽然被兜头泼上一盆冷水，声音马上低下去："简佳，对不起，我想黎剑他应该不是故意不来看你比赛的……"

我叹口气，拉她靠着我的床沿坐下："妙妙，咱们这么多年的好姐妹了，黎剑是你男朋友，看在我眼里就跟妹夫一样。我当然不是在乎黎剑今晚没来看我比赛，问题是——妙妙你想想，黎剑最近怎么会突然那么忙起来？刚过完'十一'，有多少事要忙，怎么大晚上的还没空？"

妙妙开始变得忧心忡忡——这小丫头一向是信赖我，仰仗我的。我的话她从来没有不重视的时候。

"妙妙，"我接着说下去，"有些话想想还是直说了吧。我推测，黎剑是因为今天晚上过来场面会比较尴尬才有意避开的，不信你可以打电话给他，这会十有八九在宿舍好好待着。还有，我得提醒你，前段时间我跟卓群在后海几次一前一后看到黎剑和方馨婷,刚才比赛结束的时候又仿佛看到黎剑。"

爱是虚空，
爱如捕风。
这世上最可以被称之为义
无反顾的就是决绝地伸出
手来，
去捕捉那注定离散的风；
而这世上最可以被称之为
绝望的就是梦醒时惊觉其
实根本无风可捕。

妙妙几乎要哭出来，脸上全是无助和绝望："简佳，那怎么办？我该怎么办？虽然我有时候会和黎剑斗嘴，可我真的很爱他。"

我看她那副样子简直不忍心到极点，只能攥紧她的手。这个时候头脑比任何时候都要清晰，甚至超过了刚才的辩论场上——妙妙说得没错，我们当了都快四年的铁杆了，她的事就是我的事。

大脑高速地运转，分析、比较、估量、策划，一串思路跃然而出了。

"妙妙，先不要慌，咱们先分析分析局面。现在黎剑跟方馨婷是不是真的还没说准，咱们先有三成的赢面了。万一是真的，你跟黎剑我最了解，打打闹闹风风雨雨一起走过这么多年了，模样脾气都是天底下打着灯笼也难找的般配。黎剑他不过是小孩子脾气，看方馨婷美貌，又被她不知使了什么手腕迷惑住了而已。玩不了几日就想起你的好，还是会回头找你。这又是五成的赢面了。最关键的，方馨婷这个人喜新厌旧，不是我说得难听，黎剑早晚被她甩，到时候，还不是乖乖地过来给你认错赔罪？"

一席话说得妙妙转忧为喜，旋即又是一脸阳光灿烂。看来这次我发挥得比刚才在场上还好。可是暗地里我叹口气：妙妙这丫头若真有心，便不该听风就是雨。我三句话她哭了，又三句话她笑了。说话人若换作别有用心，似妙妙这般年纪小心眼不多的大孩子可怎么办是好？何况这回要面对的是方馨婷那样不一般的人，话虽是被我说得轻巧，可让妙妙怎么去与敌周旋？

我的担心并非没有道理。第二日正和卓群在图书馆找资料，妙妙哭得跟个泪人儿似的找过来了。

"简佳，你得帮我。"大美女哭得梨花带雨，"黎剑今天真的找我跟我提分手了。你说得一点没错，就是方馨婷。黎剑他死都想不出我为什么一句话就猜到了方馨婷，可是他还是狼心狗肺地要跟我分手。"

唉，我看看哭得凄凄切切的她。多么美丽出挑多么纯洁可爱的姑娘。真不知黎剑是怎么想的。不过话说回来，感情世界里的事情哪有什么是非

标准，谁又说得清楚呢？就好像我的卓群，说不定哪一日也离我而去呢。

那边思绪正脱缰，这边妙妙只差拉着我的袖子求我了："简佳，帮我出出主意吧？黎剑他怎么能这样呢？我没做错一点事呢。"

我抬头看卓群，示意他也支支招。他是聪明敏锐的，他的想法经常对我很有帮助。

"方馨婷这女人，要对付她只能是让她离开黎剑。"卓群的念头果然与我的不谋而合。

"离开黎剑？他们正打得火热怎么样才能让她不要黎剑呢？就算早晚有那么一天又什么时候是个头呢？我得等多久呢？"妙妙慌了。不过句句问得在理——看来即令是再没心没肺的人面对真爱也会立时聪明起来，就好像再大智大勇的人面对真爱也会立时糊涂起来。

我是真心想帮她。将近四年了最见不得她这副样子，一看她掉泪我就难过。

一个主意自己冒出来了。

"卓群，"盯紧他的眼睛，"求你一件事，你一定要答应我。"

他拾起我的手，只是温和地点头。

终于酝酿足了胆量，说了平生最难开口——比当年头一次对卓群说"我爱你"还要难开口的一句话："帮帮我，帮帮妙妙，去追方馨婷。"

跟卓群这样的人说话有个好处，就是令人难堪的话不必说得太直白，他总能适时地领会你的心意。他果然接了话："我去追方馨婷，然后让她丢了黎剑。是这个意思么？"

我望着他，点了点头。那一刻觉得自己的头重若千钧。这确是自己今生作得最难的一个决定。

卓群沉默了半分钟，那半分钟我觉得有一个世纪那么长。然后他依然是温和地点点头："行，简佳。我答应你，你让我做的事我通通都答应你。"

那一瞬间我突然觉得从未有过的心酸。我真的最受不了卓群这样的表情和语气。记得高考前那个晚上跟他一起散步，要分手的时候我问他假如自己明天发挥失利而他考得很好，他会不会为了我报一所差很多的学校。那个时候他也是这样的回答，这样的语气，这样的神情。我的卓群，他真是天生好脾气的善良男子，无论多么无理取闹的要求，只要是我提的他都答应。他从来没跟我说过一个"不"字。

可是妙妙不答应，她又是摇头又是踩脚："简佳，不可以，不可以这样！我跟黎剑的事你们帮我出出主意我就已经很感激了，千万不要牵扯上卓群！你这是胡闹！"

我叹口气："丫头，谁让你的事就是我的事呢？"

次日计划正式实施，我只能避开卓群，一旁暗中观望他与方馨婷的进展。只能说是卓群魅力过人吧——一日下来两人已经出双入对了，一起去食堂，一起上自习，一起听公共课……与之同时发生的是黎剑的失魂落魄，这点已经得到证实——他现在被方馨婷一脚踢开去，话虽说得难听但事实确实如此。于是这个大男孩只能日日失神地等候在馨婷与卓群双双出现的任何场合，但是等来的只有愈加的失神。

其实我又何尝不是如此，看着馨婷与卓群亲昵地走过我们曾经一起走过的每一寸土地我都会心痛，我都会难过。可我只能忍，为了妙妙我只能忍。

妙妙很是过意不去，几次跟我提赶快停止这样危险的游戏。

我总是一口回绝——首先，这个主意是我出的，自己要对自己的决定负责。其次，跟卓群相交已久，我了解他，相信他。

可是这种压抑已久的心痛有一天终于将我彻底击溃。

是去三教上自习，寂寞的日子里一个人也只能用这种最上进的方法来打发时间。那日带了本《欧洲文学史》去复习，一面看古希腊悲剧一面想我怎会比俄狄浦斯王还悲剧。突然有人推门进来，我习惯性地一抬头——不是卓群和方馨婷又是谁？卓群穿着我最喜欢的月白色衬衫，眉宇间的英

气让我看了又心动又难过——这是我的卓群啊，我自己千辛万苦觅得的顶顶中意的男子啊，何以就任由他站在别的女孩身旁了呢？

卓群先是一怔，马上反应过来："不好意思，打搅到你。"然后揽着方馨婷离开。不能怪他，这原是我们的约定——不能让方馨婷看出这其间有任何的设计与圈套，在她面前要演得逼真逼真再逼真，自然自然再自然。

可是真正面对这一幕的时候才明白当初预想的心痛都太轻了。

几乎是夺门而逃——还看什么古希腊悲剧呢？我的悲剧已经够甚，更兼它是由自己一手导演，于是益发地可笑。三教对我而言似乎太过冰冷阴暗，我不要继续在这样的地方待下去。

于是一个人出校，一路落寞地一直走一直走，竟然又走向"水色盛开"。全然是无意识的，兴许今日我要在这里买醉了。

好脾气的老板看到我，殷勤地迎上来："Hi! 没跟男朋友一起来吗？"男朋友？见鬼的男朋友！我气恼之极，委屈之极，一个字都没有作答，眼泪却先行簌簌地落下来。

一张面巾纸适时地递了过来，我接过它，把自己的哀怨和难过一起揉碎在上面。再看它的主人，却是我意想不到的斯凯。

"你也在这儿？"我的意外之情溢于言表。

"跟你一样的理由。只不过比你早来两个小时而已。"他回答说。

"你来了那么久？"

"其实也不算太久，因为时间在这里显得尤其容易打发——这是间温和的 Bar，适合我当下的心境。这点想必你也能了解。"

我终于有些平静，叫了一杯拿铁。我想我需要那些奶油带给自己的慰藉。

"你怎么忍受发生在自己身上的爱人的背叛？"我问他，问这个应该跟我一样无望的人。

斯凯笑了，那笑容里有深深的忧伤："简佳，你这个问题我刚刚坐在这里想了整整两个小时。你们也许都不知道，我跟馨婷从小就认得，在幼儿园的时候她就是班上的公主。那个时候学校的文艺演出，我和她搭档跳国标。四五岁的孩子——可你不能轻易就下结论说他们不懂得感情。我想我就是那个时候便爱上了馨婷。我跟她说我很喜欢你，我们以后可不可以一直搭档跳舞。她那个时候真的好可爱，像个小大人一样对我说，如果我能和她到同一所小学念书的话就仍有机会。就这样我追随她到了我本不该去的小学，然后一路是相同的初中，相同的高中，相同的大学。我喜欢看她每每开学第一天见到我时惊讶的表情和淡淡的笑，听她说她常说的那句'哦，原来你也在这里。'那几乎已经成了我生命中的习惯和程式。在大学里我想没有一个人会比我们交情久远和深厚，于是我理所当然地应该成为她的男朋友。我想守候在她身旁给她安定和踏实，可是我错了——我万万没有想到她拒绝我的理由是我总是出现在她的生命里，她不想和这样一个熟悉到腻味的人在一起。所有人都以为我是她的男朋友，可事实上我从来都不是，我只是默默地跟随她，只要她不发脾气要我离开。"

我愕然。我不知道斯凯心里原是有这么多秘密和忧郁的。我突然觉得他很无助，很让人生怜，像个不知道自己究竟做错了什么而平白遭受责罚的小男孩一样。我只能特别小心地问他："那你现在准备怎么办？"

"我想通了，"斯凯脸上忽然露出明澈的笑容，"我永远都不可能成为馨婷属意的人。与其就这样无休止地纠缠下去，不如平静地放手，给馨婷她想要的自由和空间。简佳，你是比馨婷还要聪明的女孩，希望你也能够看通透。有些人有些事不是我们可以安排的。我想是我的前十六年太刻意，生活终于来惩戒我的刻意——命运本就应该是顺其自然的。"

我眼神空洞地望着他，想不出有什么话可以回答。

"简佳，开心一点。今天有法国印象派的画展，中法文化年的重头节目。要不要去？我有多的一张票——其实本来是准备给馨婷的。"

我思忖片刻，定定地吐出两个字："我去。"发现斯凯是可爱的男子，对他这样善意的邀请我没有理由拒绝。

晚上回到宿舍一直没收到卓群的短信，看看表已经十一点钟，难道他还不曾从方馨婷那里脱身？思量一番还是主动发给他："卓群，今天过得可好？"

等了一个小时都没有回音，倒是妙妙这当下回来了，一脸的喜色。

"小丫头，黎剑那边怎么样了？"看她这么开心事情多半进展不错，也不枉我这样付出一场。

妙妙扑过来搂住我的脖子："简佳，果然是你最伟大！黎剑那傻子现在乖得像只小猫。"突然她的神色凝重起来，"你跟卓群怎么样了？"

"一小时前的短信，他到现在没回。"我的忧戚也只能跟妙妙说。

妙妙担忧起来，放下搂在我脖子上的手，郑重地说："简佳，把卓群唤回来吧。咱们别再玩这种危险的游戏了。"

"你和黎剑那边……我觉得还需要一段时间巩固。"

"不要了不要了我们现在好得很！"妙妙比我还要着急，"再这样下去会出问题的！简佳明天我去找卓群，我们得马上终止这个可怕的游戏。"

那一夜辗转反侧，喜忧参半，不知到什么时候才渐渐睡去。

清早起来特地打理好自己——挑出那件 B2 的风衣，搭上 kisscat 的白色靴子，擦了一点 kose 的唇蜜，让自己看起来尽可能光鲜地出门。我跟方馨婷的这一搏到今天该有个了结了。

今天的日程安排是——上午和斯凯看画展，下午找卓群和方馨婷坐谈。

斯凯到得很早，一件 Jack&Johns 的驼色外套把他衬托得格外精神。

到了展厅里，斯凯比我想象的要健谈，在每一幅驻足的画前都能发表出一番令人称道的见解。

我由衷地赞美他说："斯凯，你真行。"

他脸有些红："学过几年的画，对这些还有点自己的看法。"然后他补充说："简佳，你是善解人意的女子。馨婷就从不赞我这些。"

我也笑了，心里的感觉却突然觉得异样。

看完画展，斯凯约我吃饭。我欣然接受。

两个人点的是湘菜，不多的几小碟，做得却还精致。吃得同看画展一样开心。斯凯告诉我腊肉的做法，湘菜的几道招牌菜式——方才想起来他是湖南人，说起这个来自然是津津乐道。看他那如数家珍的神情，在阳光下面显现出金灿灿的剪影，突然觉得异常快乐。

这么久不曾有过的快乐。

"你跟馨婷可曾经常到这儿来吃？"我问他。

"没有。"斯凯摇头，"馨婷虽说是湖南人，却不爱吃家乡菜。说是吃起来土里土气。她喜欢去国贸或者燕莎附近吃，有些精致的菜肴，有着好看的卖相和动听的名字，可我觉得吃起来并不见得好吃。有时候我觉得馨婷就像那些菜，美丽明艳，却并不让人觉得亲切。其实我最爱的还是湘菜，是这自然真挚、最适合我的菜肴。"

斯凯的话让我感触良多。有些东西隐藏着太多太深的玄机。想起我跟卓群，其实我们又何尝不是如此——他喜欢清淡爽口的东西，我却偏爱辛辣味重的菜肴，每次一起吃饭都是卓群在迁就我。

结束了这开心的一餐我与斯凯作别。我告诉他自己下午要去见卓群。此时觉得两个人已经熟稔得像相识多年的老朋友了。

"好吧，祝你好运。"斯凯朝我微笑着道别。

见到卓群时的场面完全不在我的预想之中——他竟然带了方馨婷来。妙妙说她约好卓群一个人来的，我不知道他葫芦里卖的什么药。

"简佳，"卓群先开的口，"我来告诉你我已经正式决定跟馨婷在一起。她是真正适合我的女子。"

我想那一刻我本应脸色煞白才对，可是事实上并没有想象的那样糟糕——我竟然平静地问他为什么。

"简佳，馨婷各个方面的习惯性格都比你更适合我。就是这样。"

15

　　"简佳，"馨婷插话进来，"不要质问卓群为什么弃你而去。想想这里面你就没有一点责任？爱情是自私的，排他的，你不应该为了一时仗义就拿卓群做筹码。难道他有义务成为你每一次放手一搏的道具？他不是你的棋子。"

　　我突然觉得从未有过的镇定和彻悟——方馨婷她说得对。现在的这个局面确实责任在我。回想我跟卓群在一起的这四年，我又何曾少过对他的颐指气使？

　　我点点头："卓群，馨婷，衷心地祝你们幸福美满。"我的祝福是真诚的。

　　与此同时心底想起的是另一个人，也许他才是最适合我的人。这也是我刚刚才发现的。

　　转回头走出去，发现斯凯捧着一束香水百合站在外面，正冲着我笑得一脸英俊。他身边是同样笑意盈盈的妙妙和黎剑。

　　我快步朝他们跑过去——外面阳光如此大好。

　　这一搏我们都赢了。

锦　瑟

　　锦瑟是我一个最要好的朋友，我们在大学的选修课堂上相遇。

　　今生似是不会忘记锦瑟的那个亮相了。彼时年迈的教授在讲台上唠叨，所有人都听得昏昏欲睡，连教授自己也是一样。恍然间大教室的门被推开，有个女子裹在一片弥漫的酒红色中利落地闪进来。学生们，连同教授，一起抬眼看她，却都被刺得睁不开眼——原来这个尤物竟然在颈上系了一条翠绿色的丝巾。这样艳丽莫名的颜色搭配在这个女子身上居然如此好看，我垂头丧气地伏在桌上，想：如我这般蠢笨的女人大概一辈子都穿不出这样的效果了。

　　当下大学生的眼光一定是放肆的，那女子就在众人的睽睽注目之下穿过过道款款走来。一根水葱似的手指递来一支七星："抽烟么？"不想竟在我身边落了座。

　　漂亮的女人往往要找一个陪衬，以衬得她更漂亮。我不幸沦为这个陪衬。

　　我不抽烟，可还是接了她的烟。兴许这就是美的力量，叫人心甘情愿地做没想到要做的事。我尚且如此，何况男人。我猜100个男人99个见了她会抬不动腿。

　　你拿烟的姿势很不专业。你不会抽。卖我面子？她眼光好生锐利。

　　我潇洒地笑笑，自己就这点好，或者就这点不好，天生不知道脸红。换是别个女人这时早窘得两腮红红，我不同，家明说我大抵不是女人。

然后我更潇洒地对她伸出手。不过还是谢谢你的烟，我叫索谓。

索谓？这是你的全名么？你不姓吴？她打量我，一面机灵地应对。我叫锦瑟。

世人都想让自己的儿女与众不同，绞尽脑汁给孩子起种种特立独行的名字，身边这一位大概有对好学问的爹妈，清高兮兮地给女儿起了这么一个大有古意的名字。其实我又何必取笑他人，自家爹妈还不是一样，巴巴取了一个"谓"字，和我那不算太多见的姓组成一个词，摆明要让听到的人联想几句。

锦瑟很聪明，见我对她的幽默不买账，第一时间转换话题说，你觉得这老头子讲得有趣否？

现在哪有什么真正有趣的课？偏生这老家伙的课最是乏味又听者众多，不过贪图这门学分比较容易拿而已。我说的倒都是实话。

我们相视而笑。

下课以后锦瑟约我喝咖啡。

选在一处学院派气息很浓的地方，她的主意。

我们坐定，侍者还没过来我先看着她笑。

你这么奇异的一个人，竟然也选在这样的地方约见朋友？我讲话一向犀利。

她没什么表情。不过图方便罢了，这间 cafe 是我开的。

MENU 上来，她点鸡尾酒，我点爱尔兰咖啡。都是顽劣的女子，喜欢的东西都有酒精的成分。

初逢的人往往没什么好聊的，扯来扯去不过是学校里面的人和事。我是懒散的家伙，素日对这些不怎么上心的，锦瑟却知道得很多。学校里的争端，黑幕，艳闻，她通通讲得头头是道。

我诧异：锦瑟，这所大学也是你开的？

她鬼灵灵一笑。当然不是，不过家父在这里教书。

是哪位教授？教什么课程？

她再笑，就是那个学分最好修的老家伙。

一生没这么狼狈过。我自以为是慧黠的女子，嘴上向来也不饶人的。今天却被这小妮子弄到这等尴尬的境地。不是一时，倒是几时都想不起来说什么好。

你不用窘。我也一直叫他老头子的。

我只好索谓当成无所谓。胡乱笑笑，低头喝自己的咖啡。

问你个私人的问题，每天下午开宝蓝色跑车来接你的那个是你未婚夫？

我扬扬脸，何必说得那么郑重，男朋友而已。

叫什么名字？

严家明。

你们这伙人的名字都很奇怪。严家明，好像他爹妈认准了自己儿子日后要做官似的，拼命表白自己有多严谨清明。

不是吧，什么叫"你们这伙人"，拥有高雅名字的锦瑟小姐，那你跟我们也是一伙的吗？

她笑得愈加灿烂。你不晓得这名字给我带来多大麻烦，旁人一看这名字，以为是个又美貌又忧郁的旧式女子，成日家"一弦一柱思华年"，印象先深得不得了，心里也就对我要求先高上了三分。等熟悉了，发现竟然是这般刁蛮野性的一个丫头，不免要大大失望了。末了还连累了我家那老头子：曾教授家的千金怎么被教育成这个样子！这所大学倘真是我家开的，冲我这反面例证也早倒闭了。

我欣赏地瞧着她，真是好可爱的一个性情中人。心里方才想到可爱，嘴上就问出来，那野丫头有男朋友了没有？

追的人倒是很多，我还没确定呢。反正自己年纪不大，自恃年轻，先挑挑拣拣再说。

我喜欢她的率真可爱，其实跟自己性格里的很多成分相似呢。

咖啡喝到凉也没喝完，此时手机忽然急火火地响了。

不用看也知道是家明，他心焦地朝我喊：索谓你跑到哪去了？我等你三个小时。

我这才看表，可不是嘛，原来时间已经过去那么久了。

家明的车到 cafe 门口的时候，锦瑟和我道别。

我心里竟有不舍。

车上家明问我整个下午到底和谁在一起。

我说锦瑟。

曾锦瑟？那个本校古汉语曾教授的女儿？你最好少去招惹她。

为什么？

传闻她是利用女人和玩弄男人的行家里手。

那也不过是传闻。

你还记得我那室友小许否？一度犯在她手上。

何必说得这么难听。像我这样的一个人，她图谋我什么？我嫌家明紧张兮兮。

再一次见到锦瑟是在学校的图书馆门口。她换了新的发式，一头直发烫成大波浪，越发地艳丽非凡。

明晚学校有个舞会，你要参加吗？锦瑟带来的全是新消息。

好好的，又为什么办起舞会来？

给一批即将出国留学的校友送行。晚上 8 点东区大礼堂。

好的，如果没什么事我就过去。

是晚，把舞会的事情告诉家明。可有兴趣参加？我问他。

无所谓。你要去的话我就陪你。素来是家明的语言风格。没有丝毫性格没有丝毫脾气的温吞水。当年却也是爱上了他这点。

反正晚上没活动。不如过去消遣？

好。依然是家明素来的语言风格，简约到不愿多费片言只字。

因为是不经意间决定要去参加的舞会，所以并没有刻意打扮。随手从衣橱里抓了条黑色的纱裙套上，搽点DIOR的口红便出了门——要穿什么来搭配家明是不用考虑的——他永远有N多颜色款式各异却总是中规中矩的西服用来见客。

家明开车来接我。8点15分，我们来到大礼堂。

门口停着的车子多得出乎我的想象——难道现下的准留学生已经腾达到这地步，可以人手一部宝马奔驰劳斯莱斯？看看家明那部车子，我觉得我们算是老土了。

奇怪的事情好像还不止这些——走进礼堂，一干风度翩翩的银发老者在舞池中起舞，舞池边站着笑容可掬的曾教授，边上俏生生立着笑靥如花的锦瑟。

索谓。你终于来啦。难得你肯赏光给爸爸祝寿。锦瑟执起我手拉我过来。

爸爸。这位是索谓。我跟你提过的。我最好的朋友。

不是说出国留学校友欢送会？怎么变成给这老头子祝寿的庆生会？我一头雾水，忍不住瞥向家明。

家明朝我使眼色。示意我既来之则安之。

何况那边老头子已经伸出手来："你好，索小姐。经常听小锦说起你。很高兴认识你啊。我们小锦很欣赏你，能让这丫头欣赏的人不多呢。"

21

我硬着头皮笑："曾教授您好。锦瑟她确实很……出众。我也很欣赏她。"

　　那天的舞会事后回想简直是我的灾难，曾书伦——就是那个老头子——居然邀我跳舞。我不好回绝，只得应了，谁想老家伙抱着我跳了一曲又一曲。

　　看看站在一旁郁闷已极又无计可施的家明，我心里只能三呼抱歉。

　　还好锦瑟比较有眼光，拉过尴尬无聊的家明共舞。

　　曾书伦很健谈，不停地给我唠叨着他的家事。从这唠叨中我断断续续听出，原来锦瑟幼年丧母。曾书伦一直未曾续弦。锦瑟的特立独行也多半因这自小丧母而来。

　　在舞池中与家明和锦瑟划到一处时我拿眼角打量他们，两个人倒是话很少。家明脸色严肃，想是生了我的气。

　　那天散场发生了一点意外就是家明醉酒，那辆跑车是万万不能经他的手了。锦瑟安慰我别急，让曾书伦先用他的车子载我回家。至于家明，她说她会安排人另外送回家。

　　我有点不放心。他醉得好像很厉害。可是想不出更好的办法，况且曾书伦已在一旁垂手等候。

　　于是我先上车。临走前叮嘱锦瑟，叫他们照顾好家明，弄点东西给他醒醒酒。

　　那天过去是周六周日。我累得不轻，回去后竟然抱头大睡两天之久。

　　周日上午醒来，才想到家明。于是打电话给他，问问他好不好。

　　听电话的是家明家里的菲佣，操着不标准的国语告诉我家明一早出去了。

打他手机。是通的。但是始终没有人接听。

心烦意乱间有电话进来。却是曾书伦。

小姑娘。你睡了这么久。

???

我打电话去问候你，你家人告诉我你在大睡。没想到一睡就是这么久。

曾教授，我联系不到家明。他手机开着但是没人接。我现在很担心。

呵呵，别担心。年轻人么，在嘈杂的地方玩也是有的。听小锦说你喜欢晏几道的词，我这里有本《小山词》，如果你有兴趣，可以拿给你看看。不知道你现在有没有时间啊？

曾教授，我……

如果你现在不方便的话，我抽时间开车给你送去也可以。

曾书伦话已说到如斯地步还让我如何回绝，于是我对着话筒一字一顿地答："好的，曾教授，一小时后我到您那里取。"

起床，洗脸，梳头，化妆，找衣服——想到是去曾书伦家，只好把装束准备得学生气再学生气，选了条天蓝色棉布长裙，头发规规矩矩地扎成马尾，一副低眉顺眼的乖孩子状赶去见老师。

居然不堵车，比我预想的还要提前十分钟便赶到曾书伦家里。

我以为开门的会是曾家的佣人，不想竟是曾书伦亲自来开的门。不免有些不好意思："曾教授，这么晚又来打扰您。真是过意不去。"

"哈哈哈，小姑娘会说话得很呐。是不是被我这老头子扰到了，心里面大大地不开心哪？"

曾书伦是厉害角色，跟他过招硬接无疑于找死。于是转换话题："曾教授，锦瑟没在家里么？"

"跟一帮小朋友出去了。小锦这孩子生来喜欢乱跑。也是她母亲不在

23

得太早，我没将她管教好。十天里倒有八天不见人影。"曾书伦说着又说到我身上，"若是似索小姐这般温文娴静，也可省去我不少心。"

怕怕怕，最怕曾书伦这奇奇怪怪的腔调！素日在课堂上从来听他一副古声旧气，死板单调到台下睡倒一片，却从不知这老头子也可以这样活跃到不正常。

愣神间还是曾书伦笑着打破尴尬："看我这记性，巴巴地把索小姐这般叫来，却忘了将书备好。不过《小山词》就在书房，倒也现成。索小姐，你随我到书房来。"说着将我让进书房。

曾书伦的书房在宅子的最内部，须穿过一条幽深的走廊方能到达。第一次到曾家来，一面走一面打量，是复式结构，二层，房子大约有300平米，装修成古香古色的中国气派，秀雅的花木，红木的明清仿古式家具，形形色色的名人字画，书卷气浓之又浓。

不错。我在心里跟自家那幢200平米的宅子一番比较，不得不承认曾书伦家是我看过的最气派的房子之一。

这小老头，看不出倒很有钱呢。一般教授哪里住得起这样考究的别墅？

环顾了一圈曾家的房子，最后进得书房。

曾书伦的书房很大，光线有点暗，不过相当安静，倒是个能让人清心寡欲做学问的地方。

"进来吧，小朋友。老古董的书斋，想必让你见笑了。"曾书伦把我让进书房。

书房里四壁的书惊呆了我。50平方的房间里每一面墙都陈列着一字排开的十几节书柜，书柜里满登登装满了书。线装本、精装本、平装本，中国的、外国的、名家的、不知名的作者写的，古典的、近现代的，曾书伦自己的，学界人士赠给的……林林总总、形形色色、数不胜数。我向来以为自己家藏的那七架书算得上多了，今天看来竟然不及曾书伦藏书一个零头。真是汗颜。汗颜的同时又对曾书伦生出几分另眼相看：这么多的书，

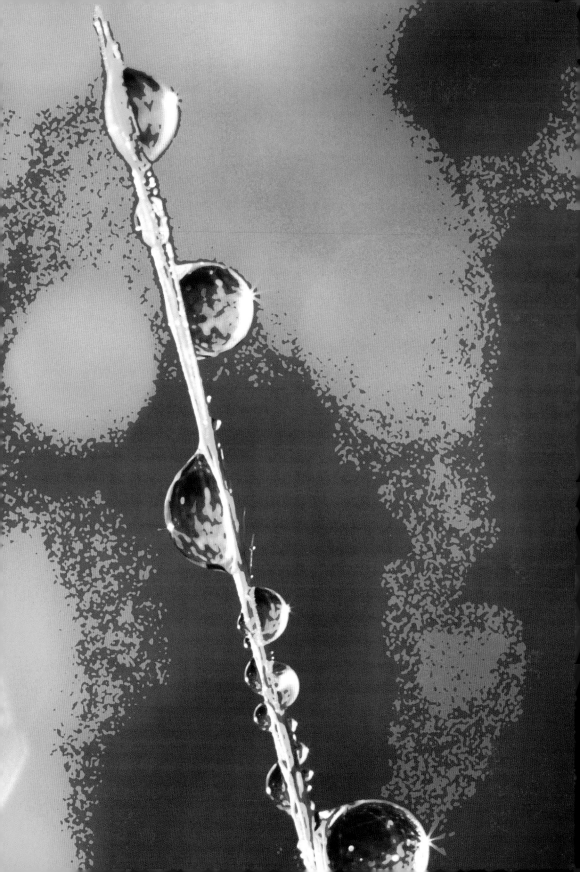

不要轻易提及"年华"
两个字，
那太容易轰然老去的东
西。
时光教会我们的，是把
记忆有选择地清空。

曾书伦哈哈大笑："索小姐聪明之至，三句话接得滴水不漏！"末了又问，"对了，索小姐明天该惦记着你那小朋友的一个拥抱了吧？"

我点头。说话间车子已经稳稳开到家门口。我推开车门与曾书伦作别："谢谢曾教授。谢谢您的书。谢谢您给我这美好的一程路途。"

第二日照例是周一，这一贯惹人讨厌的日子——过惯了周六周日的自由逍遥，大清早被从被窝里拎出来跑起上课的滋味可着实不好受。

穿了件桃红色的衣服去见家明，去跟他讨那一个拥抱。嘿，曾书伦说得可一点没错呢。

一进校门就匆匆朝三教跑，今天的第一节是大课，我得留神帮家明占座呢。

急急奔跑间便撞上一个人——葱绿色的缎子面上衣，同色的九分细脚裤，水当当俏生生立在那儿，招摇地吸引着人的眼球——不是锦瑟又是谁呢。

我摸摸撞得生疼的脑门，一扬脸要跟锦瑟打招呼，却由不得不愣住——锦瑟边上那玉树临风的，不正是我要讨拥抱的那个人吗？站在那儿还是那么气宇轩昂，还是那么好看，可怎么这般陌生了呢？

三个人面对面硬邦邦成三角状立着，三双眼睛直棱棱对视着。这三个人的世界静到不能再静。

终于还是家明打破了沉默："索谓，我还没来得及告诉你，我……跟锦瑟已经在一起了。"

我扬手甩给他一个耳光，想都不用想的，快到令人猝不及防。

锦瑟还是不动声色立在边上，脸上是阴恻恻的笑意："索谓，出来玩就要耍得起。你跟严家明又没有登记。即令结了婚他也不就是你的私有财产。"

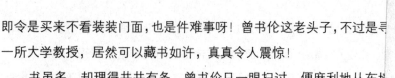

即令是买来不看装装门面，也是件难事呀！曾书伦这老头子，不过是寻一所大学教授，居然可以藏书如许，真真令人震惊！

书虽多，却理得井井有条。曾书伦只一眼扫过，便麻利地从东边数第四柜中抽了那本《小山词》出来递与我。

我接了书，却一眼看到书房内曾书伦桌上摆着的照片。

是张合影——锦瑟和一个妇人。在一池碧水边上，眉眼间尚显稚气的锦瑟搂着一个妇人笑靥旖旎。那妇人眉目清秀，意态高雅，端然立在秀丽的锦瑟边上竟不觉得逊色。

"这是……锦瑟的母亲？"我转头问曾书伦。

"是。"曾书伦默然许久，"内子相当温柔美丽，只可惜英年早逝。她在，当可将锦瑟教育得如索小姐这般优雅大方。"

我也是一阵默然。看面前这已然垂垂老去的男人，想不到也曾有如许貌美的妻，想不到也曾经是如斯幸福的一个人。可叹世事难料，之不如意十之八九。

从曾书伦家拿了书出来天色已经全黑了，曾书伦摆摆手："老萧开车。我要送索小姐回去。"

我连连推辞说不必了。现下公交地铁都便利得很，何况天色虽黑时间尚不算晚。无奈曾书伦执意要送，不得已我只得再次麻烦老先生。

曾书伦的车子开得很稳健。毕竟是上了岁数的人，不疾不徐，匀速，坐起来甚是舒服。车子一路朝我家方向行驶，曾书伦在车上与我聊天："小朋友，你们现在的年轻人通通不喜欢听我的课，却又集体跑来选，为的是学分比较容易拿吧？"

死定了。就猜锦瑟已然把这番话原封不动地学去。只得硬着头皮答了："算是吧。不过曾教授您别生气，我们不是讨厌您的课，大学生嘛，会对什么课感兴趣呢？再精彩的课程也赶不上恋人的一个拥抱来得有吸引力吧？"

这个女人笑起来像只猫，像只暗夜里躲在弄堂尽头冷不丁窜出来咬人一口的猫。家明说过什么的，我还不信，她是利用女人和玩弄男人的行家里手。瞧，我现在还不是一样给她利用。家明，我的家明，也给她这样轻易地玩弄了。

　　一个上午在一种叫做"悲愤"的情绪里度过，书念不进去，课听不进去，就连旁人热情的招呼，听在耳朵里也好像浮云一般。

　　一幕一幕在脑子里浮现的全是从前跟家明在一起的场景。家明在餐厅里帮我吃我讨厌的芹菜；家明背我爬阳明山，家明像只小熊一样蜷缩在我怀里赖着不起来……家明，家明多么好。我怎能失去家明。

　　中午只能独自一人下课，回宿舍的路上经过食堂，全然没有进去的欲望——我的家明都被别人一声不吭地就抢跑了，还吃什么东西？

　　徒然停在食堂门口望一望，想想跟家明一起在里面吃饭的旧事。摇摇头从食堂前面走过去。

　　一辆白色 BMW 停在我面前，是这几日熟悉的车子——又是曾书伦。

　　小姑娘，学习再紧张也不能不吃饭。曾书伦从车里探出头对我笑。

　　老天怎么安排我遇到这人。我望着车里的他，眼睛急速红起来。

　　不理会他，继续走我的路。

　　曾书伦的车追上来："小姑娘，约你共进午餐怎么样？"

　　共进午餐？难为他还在这里做没事人状。好吧曾书伦，你那宝贝女儿的账暂时记在你头上好了。这样想着我一口应下："好，去俏江南。"

　　学校附近最高档的餐厅，一家连锁川菜馆。从前和家明在那里吃过几次，味道非常不错。

　　曾书伦一口应允："上车。"

一气点了很多菜，指着MENU让服务生跟着我不迭地记记记记记到手软。大约这服务生也惊骇这样一个柔弱的小女子怎么能吃得下这么多东西。

　　曾书伦倒很高兴，在一旁笑意盈盈地看着我点。

　　我点到大脑缺氧，把MENU一把甩开："是不是你们曾家的人从来不会不高兴？"

　　"小朋友，你情绪这样坏。发生了什么事情？"

　　什么事情？我简直要气炸，再顾不得什么礼节规矩，食指伸过去冲着曾书伦的鼻子尖："你的宝贝女儿无声无息地就抢了我的男朋友。天下男人多的是，她为什么偏偏来招惹家明！"

　　曾书伦十分惊诧，那惊诧不像是装出来的："索谓，你说小锦做了这样的事情？"

　　"我恨死了你们。曾书伦，你整日都忙些什么，怎么不看好你的宝贝女儿，她这样嚣张这样狂妄。家明原本是这么老实的男孩。"我再也说不下去，眼泪簌簌地落下来。

　　曾书伦居然从桌子对面走过来，一把抱住我："小姑娘，哭吧，哭吧。女孩子遇到不开心的事是应该哭出来的。"他就这样任凭我的眼泪洒在他那身几万块的GUCCI上。

　　曾书伦的肩膀十分温暖，是个适合在上面哭的理想港湾。

　　我哭够了，把深埋了许久的头抬起来，眼前是一条干净的手帕。

　　蓝白相间的图案，简单素净。手帕上有淡淡的青草香味。是KENZO那款青草香水的味道。

　　这个城市里用手帕的男人已经不多，用KENZO青草味香水的男人更少。

　　可是曾书伦，面前的曾书伦——他用。他总是有旧式文人的闲雅与风度。

我能看出曾书伦对锦瑟的事确实是毫不知情。他但凡对这件事情知道一星半点，在我面前就不会有那般清澈干净的眼神，哪怕他是个再好的演员。

用曾书伦递来的手帕擦干净眼泪，又接受了他的建议："去找家明谈一谈吧，这事总该是有原因的，不能说分手就分手，说有新欢就有新欢。"

下午在自习教室里抓到家明。他脸色很差，头发乱糟糟的，眼睛里都是血丝。

"家明，你昨晚没睡好。"原本质问他的心顷刻间烟消云散，只剩下心疼。

家明看到我哇地一声就哭了，像个做错事的孩子："索谓，我对不起你，我真糊涂，我这一世都对不起你。"

家明。

我抱过他的头，我怀里的小熊哭得那么伤心。

"可还记得那晚曾书伦的庆生会？锦瑟开车送我回家。我喝得太多了。索谓，我醉得厉害，做了对不起你也对不起锦瑟的事情。你知道我得对这一切负责。"

家明的神色那么痛苦，那么凄然。我望着他心都碎了。

我们遇上了几乎无法解决的难题。

真的，人生不如意者十之八九。有太多的事情不是我们可以预料，也不是我们可以解决的。人在命运面前往往非常渺小，非常无奈。

我还能说什么呢？我只能面对家明惨然地坐下来："家明，没有关系的，通通都没有关系的。"

此后很长一段时间内我不见家明。也许是他刻意躲着，也许大家彼此都忙——还有三个月就毕业了，日子已经不像从前那么悠闲。

其实见又如何呢，还不是一样的尴尬，一样的伤感，一样的无话可说。

锦瑟依然是学校里的风头人物——搞画展，排话剧，组织什么行为艺术周，终日忙得风生水起。

这段日子倒是常能见到曾书伦。我知他是有意抽时间陪我，或许是看我可怜，或许是觉得欠了我的，替他的宝贝女儿还债。

有时候是去听交响乐。有时候是请我吃东西。有时候甚至一起去放风筝。

还有的时候，如果没有什么安排，就干脆脱了鞋子盘腿在草地上坐下来聊天。

那一日曾书伦又约我到俏江南。

熟识以后再没有宰人的居心，我点的菜很适量，现在那个服务生已经开始用比较正常的眼光看我了。

这日只点了三个菜，一份水煮鱼，一份夫妻肺片，一份西芹百合。还叫了一份汤。

除了西芹百合，这日的菜集体做得奇辣无比。曾书伦终于扛不住，吃到涕泪交流。

我拿纸巾给他。看他那副样子——一个小老头儿，鼻梁上架着斯文的金边眼镜可是鼻头给辣得通红，还拼命地眼泪鼻涕一起流。着实好笑。

于是噗嗤一声笑出来。

曾书伦也笑了："小谓，你不怕辣？"这些日子以来他对我的称呼已经变成了"小谓"。

我挥着手里的筷子，一点顾不得吃相："有的人是不怕辣，有的人是辣不怕，我索大小姐是怕不辣。"

曾书伦饶有兴味地笑了："小谓，知不知道你很可爱。有时候就这样看着你吃，看着你笑，心里想的是能够守护你一生一世。"

我简直要呆掉了——我，曾书伦，我们两个这样坐在餐厅里，所有人都会以为是一对幸福的、让人羡慕的父女。可是现在，他竟跟我谈一生一世。

我摇摇头："曾教授，这……"

曾书伦摆摆手，示意我停止说下去："我知道小谓。你不必答应我，可是请你现在就答应我，以后不要叫我'曾教授'，可不可以叫我书伦。"

我夹一块肺片给他："不是所有一起吃夫妻肺片的男女都可以成为夫妻。"然后突然黯然起来，"就好像从前我跟家明，也曾经不止一次地一起吃这个菜。可是你看，我们终究成不了夫妻。"

三个月的时光真是一转眼就过。毕业典礼一举行完同学们各奔东西，各就各位——该就业的就业，该读博的读博。好像是一眨眼间，昨天还没有着落的人突然就有了着落，这个世界只剩下我一个浑浑噩噩的家伙。

书是不想再念下去。于是父亲给我联系了一家公司，老板是父亲生意上的朋友，不过卖父亲一个面子要我。于是我可以依然像大学里那般懒懒散散终日东游西逛。人家都拿我当 OL 看，我算是 OL 吗？怕只是个没长大的孩子吧。

突然有天接到家明的短信："索谓，一直不知道这个消息该不该发，怕引起你的不快和我们之间的尴尬。我和锦瑟要结婚了，下周日。不敢向你发出邀请，就当是通知你一声吧。"让我鼻子一酸的是当初把家明的号码存在手机里时我用的是"亲爱的家明"，这么久了都没有换，其实是天真地期待着还会有峰回路转的那一天。可是这个梦就做到今天为止——我亲爱的家明就要成为别人的新郎了。

我删了那条短信，连同家明的号码。

考虑了很久还是决定不去参加家明的婚礼——那种场合太尴尬，我真的不知道该怎么面对他，还有锦瑟。

曾书伦适时地约了我，在那家以前我和家明常去的叫 BACK 的 BAR里。BACK，BACK，看到它的牌子时我难过地想，一切真能 BACK 吗？

"小谓，下周日家明和锦瑟要结婚，你看要不要去。"曾书伦果然是

曾书伦，我能想到的问题，他跟我同时，甚至是先我一步便想到了。

我搅搅杯中的咖啡，然后郑重地把勺子放在一边，轻轻吐出一句话："曾书伦，你愿意娶我吗？"

家明跟锦瑟的婚礼我最终还是没有去。他们结婚那一日我已经在一间很有名的婚纱店里试婚纱了。

选的是一款简约大方的，纯白的，有很多蕾丝的花边。那是我第一次穿婚纱，穿上它我真的像个公主，可是我以前从来没想过自己的王子会不是家明，更从来没想过自己的王子会在我试穿婚纱的时候跟别人举行婚礼。

真是天大的讽刺。

选中了心仪的款式便付款，取货——没时间可以拖了，曾书伦说婚礼就安排在十天之后，我们还有很多事情没有筹办。

多搞笑，父亲和女儿的婚礼前后只差整整十天。

十日后我嫁了曾书伦，这大约是普天下最最惊世骇俗的一桩婚事了。26岁的索谓就这样无所谓地嫁给了62岁的曾书伦。

嫁给曾书伦……谈不上幸福，也谈不上委屈。曾家很有钱——曾书伦早年一直经营实业，大发一笔后才激流勇退，进了大学教书。曾家的财富不是我可以想象的，尽管第一次步入曾家时我就为曾家的财富大大惊叹了一番。

况且曾书伦对我很好，婚后不久他退休，我也辞去了工作，两个人就这么成日家相对着傻笑。

比较难堪的一点是有时候锦瑟跟家明夫妇过来探望曾书伦，竟不知该怎生称呼我。曾书伦了解我的心思，他说他们只要对我直呼其名就好。

锦瑟婚后自然搬出去与家明同住，我们之间都很少见面。

第一次一起出去玩又是曾书伦生日，全家一同去黄金海岸日光浴。

锦瑟依然是上蹿下跳的样子，一路上笑声清脆，眼波流转。

曾书伦笑盈盈地任由着曾锦瑟手舞足蹈。

家明依然是很沉默，一副心事重重的样子。

在阳光灿烂的海边，锦瑟撒娇地要家明与她一同下水嬉戏。家明似乎是提不起精神，几次都拒绝了。

曾书伦到底是父亲，不忍女儿就这样扫兴。豁出老身子骨下水与女儿同戏，享受这难得的天伦之乐。

在喧嚣而又宁静的海边我自婚后第一次有了与家明独处的机会。

阳光明媚，水清沙白，椰林树影。这人间的好景致。

家明却无心欣赏，他突然一把抓住我的手，情绪很是激动："索谓，我们被曾锦瑟骗了。"

？？？？？？？？？？

"什么酒后乱性，什么不由自主都是曾锦瑟的胡编乱造。根本就没有过那样的事情，通通没有过！我跟她，那天晚上什么都没有发生。"

"家明，这样的话要想清楚再说，开不得一点玩笑。"我突然觉得浑身冰冷。

"我是她丈夫，我最了解这一点，也最容易发现这一点。新婚之夜曾锦瑟她什么都承认了！索谓，我们就这样被曾家那两个人给骗了，你，还有我。这是个设计好的圈套，真够歹毒。我们全是傻子，当了那么久的傻子。索谓，现在我们不能再这样忍受下去了。我们报复吧！"

第一次看到一贯沉着的家明如此狂暴和急躁。而我，而我的大脑几乎有些转不过弯来。

家明是我那么亲的人，他说的当然都是真的。可是如果家明说的是真的，这里隐藏的简直无疑于一个天大的阴谋。

曾家父女，到底是什么样的人？

　　那日以后，报复正式展开。做到这一点并不难——曾书伦已经年迈，家里的经济全部交由我打理，他也乐得逍遥。曾书伦名下财产数额惊人，我一点一点地施展手脚，逐日将曾书伦名下的巨款一笔笔朝索谓名下转移。看着银行账户我名下的财产数额一路激增，曾书伦对这一切从来不闻不问，有的时候我会有愧疚。

　　索谓，曾书伦他待你不薄。我常常这样告诉自己。

　　直到现在我也不能而且不愿相信所有的事情都是曾家父女设计好的套，等着我和家明这两个傻子往里跳。曾书伦，这个到现在还使用蓝白手帕的男人，这个藏有多到令我惊叹的书籍的男人，这个用KENZO香水点染的男人，这个瞧着我时眼睛里都是纵容和爱意的男人……我无论如何不能相信他曾经参与布下一个精心的圈套。

　　曾书伦还是一贯地宠我。我说的话他从不反对，我提的要求他从来接受，我的所有无理取闹他从来包容。或许他本来就拿我当女儿看。就像一个父亲看着他最疼爱的小女儿任性胡闹那样。

　　只是他的身体也一点一点的不如从前。无论这个男人曾经多么精致过，神气过，飞扬过，可他终究是一天天地老了。我看他一日日踽踽地踱到阳台上，给花浇一点水，或是喂一喂埃及艳后——他心爱的几尾热带鱼，他的步子，神情，体态，动作都让我一次次地想起"老态龙钟"这个词。他已经越发像一个老人了。

　　还有每一个夜晚他抱着我入睡，我能感受到他松弛的皮肤充满了衰颓的气息。有时候他用手一寸一寸地掠过我的肌肤，他说索谓，年轻多么好，有这样丝缎一样光滑柔嫩的肌肤。我听得出他言语中的羡慕和无奈。

　　阳光很好的时候我们搬两把摇椅在阳台上聊天。就那样懒洋洋地坐在那里，一聊就是一个下午。一次我问他关于锦瑟。书伦，能不能告诉我，锦瑟到底是怎样的一个女孩子。

曾书伦眯起眼睛笑了。那一刻我终于明白我跟锦瑟在他心里的区别——我一直以为他不过拿我同锦瑟一般看待的。其实不是的，曾书伦谈到锦瑟时眼睛里的满意、幸福，还有那一点点耐人寻味的光芒才是一个父亲谈到女儿时应该具备的。而我，注定只是被他看作他的小娇妻。

　　小锦很聪明。从小就鬼灵。她小的时候我不让她整日看电视，她就趁我不在的时候偷看，然后还知道用风扇把电视吹凉，以免它散的热被我跟她妈妈看出破绽。呵呵。小锦素来是这样精灵的小孩子——阳光洒在曾书伦身上，为他勾出一丝一缕温情的金边。我看着他的侧影，想，他是多么安详多么慈善的老人。

　　她小的时候不爱念书，可是成绩照样好得出奇。学校里的老师都拿她没有办法。四岁以前——那个时候她母亲还在世，每天把她打扮得如小公主一般。她就整天整天结着粉色的蝴蝶结，穿着长长的有很多纱纱和花边的公主裙去上幼稚园。后来她母亲不在了，小锦不再那样打扮，可是她继承了她母亲的好眼光，总能挑来很多乍一看让人觉得不可思议的服装穿在身上，搭配起来却又非常好看。她最像是她母亲的女儿。

　　她的朋友多吗？我问道。

　　似乎很多，又似乎没有什么特别稳定的。小锦从小喜欢和男孩子玩，不喜欢跟女生交朋友。不过我现在老了，没有心力关心她和她那帮小朋友啦。

　　印象中那是最后一次那么顺畅地和曾书伦聊天。当天晚上曾书伦的情况不好，突发性脑梗，开始持续昏迷。我手忙脚乱地打电话叫来锦瑟和家明，慌慌张张地把他送到医院去。

　　他的状况非常糟糕，已经不可救。惟一的悬念是能否再次醒过来。

　　锦瑟守着他，一天一夜不曾离开半步。

　　我坐在他枕边端详这个老人，他像是睡着了，呼吸如婴儿般均匀纯净。脸上还挂着入睡时惯常的笑意。突然感到难以言说的心酸。

他是台曾经运转如飞的机器，可是现在终于油尽灯枯，再也转不动了。

第三日清晨曾书伦悠悠醒转，彼时锦瑟已经困顿已极，沉沉睡去。我在边上守着，问他需要什么。

曾书伦轻轻摇摇头，脸上是最最慈祥平和的笑容："小谓，我还记得在舞会上第一次见你，你着一条黑纱裙，只有唇间一抹亮色，明丽不可方物的样子。那是我一生当中看过的最美丽的风景。"

我强忍着悲痛握着他的手笑，欲张嘴却说不出半句话。

"我真的很羡慕你，还有小锦，还有家明。你们那么年轻，那么好。"他的眼睛异常地通透明亮。

我只能握紧他的手："书伦……"

曾书伦把另一只手覆盖在我的手上，再一次用指尖掠过我手背的肌肤："小谓，我名下的财产全都归你所有。小锦那里我早给过她几处产业，她应该可以过得很好。"

我努力地摇头："书伦你听我说……"

他打断我："小谓，谢谢你给我最后的也是最美好的这一段时光。代我照顾好小锦，她任性惯了，从来不会照顾自己。"

我点头的那一刻曾书伦的眼睛安详地合上了。

曾书伦的丧事料理完忽然觉得心力交瘁，忽然在想谁可相倚。

于是方才意识到曾书伦已经在我的生命里占据了那么重要的位置。不管我对他有没有爱，我都得承认我们之间已经有了深厚到连我自己都不曾发觉的感情。那个也许是世上最疼我的男人，许久以来我拿他当什么，老师，父亲，丈夫，抑或是朋友？而当我终于发现他在自己心里的地位时，这个男人却竟然永远地去了。或许曾书伦就是这样一个命里注定要在我生命中不露痕迹安然划过的灿烂流星？

家明过来陪我，我拒绝了。我说你应该多陪陪锦瑟，现在她需要你，需要你的安慰，需要你的照顾。

可是锦瑟永远都不是在我们想象之内的角色，料理完曾书伦后事的第二天她便来同我们告别。

索谓，家明，对不起我欺骗了你们，而且那么久。她剪了短发，说话的时候下意识地一甩，益发地利落精干。依然是那样活色生香美丽逼人的女子。

我默然——眼前这个女子，她骗去了我生命中的好年华，可是她又还给我一段最温暖的际遇，还给我一个天下无二的曾书伦。我该恨她，还是谢她？

索谓，我想有些事情必须交代给你。其实是爸爸先爱上了你，那日一夜共舞，他倾心于你的大方清丽。于是我只能去欺哄家明，为的是把你逼退至爸爸的怀抱。可是有一点我和爸爸都不曾骗你，那就是他的确很爱你。

我继续默然——面对这样冰雪聪明的女子，有时候我觉得自己是被掌控中的棋子，不知道该说什么，能说什么。我是被他们选择的结果，可是谁又能说这结果必不是一个好结果？

于是和家明都不做声地任锦瑟离去，看着她的背影就那样一点点远去，心头涌上的竟不知道是什么滋味。

日子就这样过去，我没有再嫁家明。家明也不曾提起这件事情。

九个月后得到消息，锦瑟产下一个男婴，神情五官都酷似家明。而彼时她已是本市一家享有盛誉的服装设计师。

在最有名的大报上看到关于她的报道，清瘦许多，但是眉宇之间越发干练锐气。只有那双眼睛，明澈通透得让人恻然。

读到她接受报社采访的话语："我今生唯觉对不起一个女子，因了我的父亲，我生生抢去了她至爱之人。可是有些事情是无奈——彼时已经得知父亲时日无多，惟一心愿是赢得那个女子。父亲是我养父，我欠他甚多，却已无其他机会可以补偿。于是只能负那女子，难为她当我是挚友。"

我读着那则报道，突然心下一片怅然。

只觉照片上锦瑟的眼睛明亮到刺目。于是转过头对家明说：

十年曾锦瑟，媚到极致是清澈。

我想我原谅了她，永远原谅了她。

家明冲我点头，我知道他是知道我的。

爱情 GRE

　　和汪以俊又吵架了。如果我没记错的话，这应该是这学期来我俩第九次吵架了。我发现现在我们越来越难以互相忍受，一点点小事都能吵得天翻地覆。就好像昨天晚上，我不过是和同宿舍的姐妹到三里屯小小happy了一把，嘈杂的音乐中没听到他的短信，他就勃然大怒了。信息的内容也从"小乖，在干嘛？"变成"快回短信给我证明你还在这地球上"再到"你到底在哪？"等我回到宿舍看到短信赶紧回给他时，他已经恼得听不进任何解释了，还说我一个女孩家深夜还在三里屯那种地方乱跑太不安分……sign！鄙人终于忍无可忍，一个三字消息发过去："分手吧。"

　　之前不是没发过类似的短信，每次都是汪以俊一看这三个字就慌了神，然后发无数短信过来道歉，再打电话忏悔，保证自己以后再也不惹我生气了。所以通常这些小摩擦都以我和他言归于好告终。可是这次这家伙居然有种到家，没有再回短信给我。本小姐也不是好惹的，虽说心里有点发毛可是决不率先低头，被子一蒙，切，抛开不快睡觉去。

　　早上一觉醒来的时候才发觉没了汪以俊就好像没了主心骨，面对着即将开始的长长的一天不知道该干些什么。正发呆间，下铺的猫猫扬着一摞宣传彩页冲进来："川粉，五一一块去报新东方吧。眼下有四级要过呢。"

　　新东方？猫猫的嚷嚷倒提醒我想起了什么。虽说本人英语水平还不至于poor到考个四级都要报班，可这回我倒产生了响应猫猫号召的意向。一来听听传说中的新东方老师讲课，看看到底有多神勇，争取使自己在将

Love Over GRE

39

至的四级考试中成绩再上一个台阶; 二来……据说新东方采取400人大班授课，班里俊男靓女无数，情侣滋生几率颇高。哼，汪以俊，本小姐就到那里钓个帅哥给你瞧瞧！难道你不要本小姐就没人要不成？？？

事不宜迟，我和猫猫当天就进军保福寺的新东方总部，两小时内便搞定了报班的事。只等三天后到来的五一长假赐予我上上等的桃花运。

开班的第一天让我彻底失望——按听课证上的座位号码入座后，左右打量即感没戏——左边是猫猫那没心没肺的小丫头，右边倒是个男生，可离我心目中帅哥的要求实在相差太远——一头枯草一样的黄毛，干瘦的身材，海拔只有170出头，似乎睁不开的眯眯眼睛。faint！我只能用“黄毛男”在心里称呼他了。这就是我期待中花500块买来的“桃花运”？还是专心听课，对得起自己的学费好了。

第一天听课下来我就掂量出右边这位主的大概水平了——简单的四级真题，这位几乎没有能听懂的，整天趴在桌上睡大觉。一下课倒有了精神，操着他那带有浓重东北味的普通话跟旁边的人神侃。课间听着他兴致勃勃地跟人吹：“我家搬过一回，挪地方以前就跟哈三边上，后来搬家就挨着哈工大了。”哈三中和哈工大是哈尔滨最好的中学和大学，没想到这位也知道拿这个抬举抬举自己。我暗自发笑：有本事考进哈三和哈工，家在学校边上有什么好吹嘘的？这小子丝毫看不出我对他的不屑，还热情地跟我打招呼：“同学，俺不是搁这上学的，能同堂听课那就是不易，就是有缘。我哈尔滨的，同学你哪的呀？”我顺势信口胡诌：“我大庆的。”黄毛男一听之下大喜过望：“哎呀妈呀，敢情老乡呀！同学，今天中午我管饭，门口的福成肥牛，中不？”我强忍住笑：“谢谢谢谢不用了，中午我们还约了人。”

汪以俊倒是有短信来：“听说你和猫猫在上新东方，怎么样？还吃得消吗？累不累？学习紧不紧？”接到短信我心里动了一下，有一丝什么温情的东西淌过。可是想想那天晚上汪以俊专横的样子，我的气又不打一处来，噘了噘嘴把手机塞进了包包里，一个字也没回。

我总是独自打开天窗面对
着蓝天，
看不懂逃避寂寞的表演。
今夜我站在记忆已经模糊
的海边，
幸福水面是你不变的脸。

身边的黄毛男不知道什么时候凑了过来："小样，你男朋友发来的吧？"我很不习惯他的这种腔调，只是瞪了他一眼没说话。黄毛男反而开心大笑："一看这表情就知道我猜的没错。现在的女生跟男朋友干了仗就是这副德行——生着闷气，死不让步，还一心想找个地方撒气。说吧，到底遇上啥事让你俩这不痛快啦？"我也不知是哪根筋不对，竟然气鼓鼓地把跟汪以俊那点破事全都告诉了他，末了还甩给他一句："你们男的为什么都那么大男子主义？我不就出去happy一把吗？还是跟着一大帮同学呢！"黄毛男听完就乐了："小姐，你老公那是关心你，害怕你深更半夜的出点啥事。搁大街上随便走道一女的，他才不那么牵肠挂肚呢！"我噘着嘴继续发我的火："你们男的就这样。'男''男'相护！他可以出去high，我就没一点自由了不成？"黄毛男倒也长眼色，看我在气头上就不再说下去，闷头又睡他的觉了。唉，我真后悔怎么会把自己的事情给这种人讲！

第二天一大早就收到汪以俊的短信："亲爱的，气消了么？上课上得累吗？听说新东方的盒饭巨难吃，中午放学我接你去必胜客行吗？"我什么也没回，"噔噔噔"地赶我的车去听课。说实在的，从我们宿舍到新东方的听课点还真不近，一路挤公交下来真是想死的心都有。要是以前汪以俊在，怎么说都不用我背那么多沉甸甸的书，困了还可以靠在他身上将就着睡上一觉。可是现在……只能自力更生了！猫猫那没心没肺的，在车上整天也是困得连到站都不知道，还要我提醒她。唉，何其悲也！

一进教室就看到自己的位子上一大捧花，是百合，我最喜欢的花。花里插着张小卡片："亲爱的小乖，祝开心每一天！跟新东方周旋到底！p.s, 前几天的事是我不对，你就原谅我吧。"一看就是汪以俊的把戏，摆明要用一束破花讨好我。本小姐哪里是那么随便回心转意的女子，就是心里念叨着脸上照样还得挂着。正端然坐在那儿生闷气，黄毛男又神出鬼没地凑了过来："瞧瞧瞧瞧，这话说得够诚恳了不是。赶紧原谅人家吧，可不能再把人家给逼跑喽，到时候你哭都来不及！"我斜睨一眼黄毛男，一

41

通发火："行了行了你就别闲吃萝卜淡操心了！看看你那四级真题吧，一道不做上课听什么呀！500块钱跟这儿打水漂了呀！"黄毛男当下不好意思地笑笑，一摸脑袋："俺这银儿（人）不比你们高才生，听也听不懂，学也学不会。当初报班也是一时心血来潮。嘿嘿。"好嘛！有这么心血来潮的主吗？！

不过黄毛男自己不听课，倒也不怎么影响别人，要么睡觉要么发短信要么捧本小说津津有味地读。要说起来其实这小子品位还不低，成天不是《狼图腾》就是《达·芬奇密码》。更绝的是这小子看书速度还真够可以，手上的书甭管再厚，基本上是一天一换。有天我忍不住问他："哎，你那些书都看完了吗？别是翻翻装装样子吧？"黄毛男呵呵一笑："还真叫你给猜对了，俺就是翻翻装装样子。"我几乎吐血！然后又问他："哎，你成天跟谁发短信呢？你女朋友？"黄毛男笑得咧开大嘴："是呀。不过俺不叫她女朋友，俺叫媳妇儿，或者老婆。嘿嘿嘿。"我倒是来了兴趣："那你老婆是你怎么认识的啊？漂不漂亮？现在在哪上学啊？"黄毛男颇为幸福地回答说："俺老婆跟俺是一个学校的，大家搞联谊寝室，一来二去，联谊寝室名存实亡，俺们这儿倒联谊亲事了。俺老婆长得怎么样……这话要问俺，在俺眼里当然是漂亮得很呐！"我听了也笑了，觉得眼前这个黄毛男还挺朴实可爱的。

在新东方厮混了一天又一天，身心越来越疲乏，也越来越想念汪以俊。有时候自己也会想，这么嘴硬是图什么呢？要强到家，倔强到家，其实还不如学学身旁这位黄毛男，活得简单实在，也会很快乐。对了，说到这黄毛男我越发觉得他不对劲。有天我做阅读碰到"puissance"这个单词，就一边念叨着一边打算查字典看看到底是什么意思。黄毛男从小说里抬出头接了句腔："不就是'权势，权力'吗？"彼时我手上的字典也刚翻出个结果来，一看竟然和黄毛男说的一字不差不禁惊呆："这……这个GRE词汇，你怎么知道的？"黄毛男先是一愣，马上嬉皮笑脸地说："大小姐，记单词得讲点诀窍。你比方说这个词吧，你就把它翻译成汉语：'溥仪三思'。能让溥仪三思的是什么东西？当然只有权力、权势了！没事多让你那冤家给你提问提问，保准记得牢！"晕！这是什么诀窍！还扯上汪以俊！不过我听他说得云山雾罩，心里禁不住老犯嘀咕：凭他那四级题目全体抓瞎的水平，能有闲心兼顾着 GRE 词汇？不信不信。也许恰好蒙上了一个吧！

可这事益发不对头，接连几次我都发现黄毛男掌握的词汇之丰富简直令人咋舌。暗地里跟猫猫说过一次，那小丫头立即作痛苦状："行了姐姐！你这光虚拟语气还没受够折腾啊？不寻思好怎么解决你跟汪以俊那点破事，操人家这份闲心干嘛！"得，竖子不足与谋，我也只能在心里跟自己嘀咕了。

新东方上到最后一天的时候我已是人困马乏了，课间一捅黄毛男："喂，要结课了，你是不是也该回去了？""可不是，我票都买好了。"黄毛男说着得意地掏出票给我看，翻出来的却是两张。

"怎么？还有同伴？"

"嘿嘿，"黄毛男又是咧嘴一笑，"就是俺老婆啊。第一排左数第七个，穿黄衣服的那个。喏，看看漂亮不？"黄毛男朝前一指。

我努力地朝前看去，可不是吗，第一排中间偏左坐着个身材高挑长发披肩的姑娘，可惜一直背对着我们，看不到她的样子。

"你……她……她真是你女朋友？"看黄毛男平时那副嘻嘻哈哈的样子，此时是由不得我不信。

"货真价实！如假包换！"黄毛男一脸严肃，"俺老婆英语不好，非大老远地从哈尔滨过来北京听新东方的四级。俺也只能舍命陪君子了。还好不是很无聊，上午陪她在这上上课，下午我在这报的有 GRE，她就陪我听课。可是俺老婆怕我在她边上影响军心，一声令下把我发配到这来了。得，我就只顾影响你军心了。"

难怪词汇掌握得那么多，我总算信了。可还不忘问上一句："你哪学校的？"

"哈工大。俺跟俺老婆都是哈工大的，她比俺还牛一点，俺是直硕，

43

她是直博。"

"那你还说自己四级这不会那不会？"

"哎呀小姐，俺过四级都是N年前的事啦！知识点全都忘了，哪能跟你们比呦！"

还是忍不住好奇："那，你这GRE水平的过来听这四级的课，不会觉得太无趣？你老婆陪你听那天书一样的GRE难道也不觉得无聊？"

黄毛男郑重起来："那不是因为有爱情在这支撑嘛！我跟你讲，爱情这东西可不像英语卷子，四级就是四级，GRE就是GRE，泾渭分明，界限森严的。它哪有个标准答案呢？两人之间处好了，GRE级别的难题解决得也跟四级题一样顺溜。处不好，生活中抬头都是GRE题！陈小姐，眼看咱这课也要结束了，赶紧再劝你一句，别跟你老公再这么别扭下去啦！别把简单的四级题变成复杂无比的GRE！赶快发个短信，跟人家道个歉，就啥事也没有了！"

我看着眼前这黄毛男，突然觉得世事如此奇妙。怎么让我遇到这样的一个奇人，又听了这么一番奇言。可是必须承认，这奇人我挺佩服，这奇言我挺欣赏。

正思量手中的三星X608发出清脆的提醒，一条短信进来："小乖，下午结课请你去看电影。新天地影城。可以赏光么？"

大约自己也是眉目之间满是盈盈笑意了吧，一抬眼黄毛男也正冲我笑。我低头啪啪几个字敲回去："当然可以。"

七 夕

　　这人世间的一切都不过是一出一出不断上映的影象，长的或短的，明的或暗的，无论隔着多少年的回头路来看，也无非是分作两类：旧日的记忆同今日的碎片。不管是再倾国的人物还是再倾城的传奇都大抵如此。即令林爽然那样的女子，掸了那些沉灰旧土再来看时，这些年的来路也不过是七个晚上罢了。

1995 年 4 月 14 日
暖风微熏的晚上，空气里有栀子花干燥而温润的香气。

　　1995 年的林爽然是那个面黄肌瘦得令人担心的女孩，身体的每一个部位都给人一种坚硬锐利的感觉。那些突兀的骨头下面究竟埋藏和流淌着什么样的东西现在已经无从知晓。跟许多同龄的 10 岁女孩比起来，她们的珠圆玉润更反衬出她的瘦骨嶙峋。皮肤是那种营养不良的黄，让人看过去觉得不健康。但这并不妨碍她有一头乌黑的长发和同那长发一样乌黑的眼睛。这个女孩不爱说话，更多的时候沉浸在自己的世界里，最大的爱好是读书，读许许多多不同种类的书。还有一个爱好是扎头发，林爽然喜欢把头发扎成各种好看的样式，麻花辫，马尾辫，高高盘起的髻子，柔柔散下的披肩发……扎这样好看的辫子给谁看呢？林爽然这样问自己。10 岁的女孩子还不懂得爱情为何物，可是那时候她已经开始定义，为了我爱

的人扎这头长发吧。但是我爱的人，我爱的人又在哪儿呢？

可是一场谈话把这个小小女孩的生活全都改变了。

1995年4月14日的清晨，四年级的林爽然抱着一叠语文作业从老师办公室往教室走——她是语文课代表，这样的事情是她一贯要做的。这时候从楼梯口闪过一个高大的女孩，女孩穿着白色的衣服，就像是一道光那样刹那间刺痛了林爽然的眼睛。

"你是夏一婷吧？我是六年级的莫初阳。我弟弟喜欢你呢。"女孩这样诡秘地对她说。

夏一婷，这已经是林爽然第一百次听到别人提起这个名字了。那个年级里面最骄傲最出众的漂亮女生，有着白皙的皮肤和细长的颈子，笑起来的时候眼睛像一弯新月，声音动听得如同公主一样。就在林爽然的隔壁班，也是语文课代表，她们经常在老师办公室抬头不见低头见呢。但是不知道从什么时候起，越来越多的人开始说她们两个长得很相像，很多人当着林爽然的面说她和夏一婷看起来特别像，还有很多人甚至把她们认错。林爽然有些摸不着头脑——自己真的和夏一婷有一点点相像么？可是她们到底哪里像呢？夏一婷是像白雪公主那样的，而自己只不过是个面色黄黄的丑小鸭；夏一婷有着让所有男生都倾倒的甜美的笑容，可是自己不过是个自闭的不爱与人说话的平凡女孩；夏一婷是所有老师都宠爱的学生，可是自己不过是个喜欢上语文课也只被语文老师欣赏的普通学生……如果说自己和夏一婷有什么小小的相似之处的话，那大概仅仅是因为两人个头相若，而且都很瘦罢了。

但是现在林爽然比以往更加的困惑，她不明白眼前这个女孩在说些什么，她在想：这个小姐姐，究竟是她把夏一婷错认成自己了呢，还是以为自己叫夏一婷呢？

"哦，我弟弟你一定知道的，他叫樊辞水。"莫初阳这样告诉林爽然。

那是辞水的名字第一次这样深深地闯进林爽然心底。樊辞水，她何尝不知道樊辞水呢？全年级成绩最好的男生，高挑的，好看的，走过去时能吸引所有女孩子们注意的。"那是四年级三班的樊辞水。"女孩们在他经过时这样说。那个男生有着淡淡的笑容,喜欢穿干净的蓝色衬衫,真的是很好看啊。有关辞水和夏一婷的传言在年级里已经流传了很久了:"他们俩好呢。"那个年代那个年纪的孩子们这么说,她们这样用一个"好"字精当而含蓄地表达少年时的感情。这是第一次爽然觉得那么出众的樊辞水跟自己产生了那样一点小小的联系,这联系让她觉得是甜蜜的,但是这种甜蜜带着一点不可言说的味道,是10岁女孩心底最隐蔽的小秘密。

"不,你认错人了,我不是夏一婷。"爽然本想告诉面前这个小姐姐"我是四年级四班的林爽然",可是突然打消了这个念头——有什么意义呢? 告诉这个姐姐这些信息有什么用呢? 难道是期待辞水知道这世界上还有一个林爽然吗?

可是谁想到那天晚上,就在那天晚上爽然遇到辞水。这么多年后回头看过去,觉得一切都像是冥冥之中安排好了的。

那个晚上爽然觉得自己应该一辈子都记得吧,她站在学校的机房旁边,等着顺路的女孩放学同自己一道回家。四月的天气已经开始明显转暖,空气是那种明朗的干燥,不时有风吹过,那样轻那样平静的风,夹带着栀子花的香气。一切的温润好像发了酵,这种感觉让爽然觉得有点微微的头晕,但那是一种令人愉快的舒服的头晕,爽然宁可就这样一直站着一直头晕下去。这时候有个男生从机房出来,抱着一摞计算机方面的书。1995年的小学校园里计算机还是相对陌生的事物,懂得计算机的通常也只是学校里面的老师们。于是爽然本能地向那个男生投去好奇的一瞥,那一瞥犹如她生命中最初的一次惊醒,给了爽然此后许多年都无法忘却的初次的心动。

那个男生正是樊辞水。

1995年的樊辞水只能算是个男孩,踏实认真喜欢钻在计算机里的一个孩子。每一个下午他都会在学校的机房学习编程,十年前他们学的还是

最陈旧的DOS系统，可他依然对这样并不简单的东西乐此不疲。但是辞水他是多么好看的一个男孩啊。他清瘦，谦和，挺拔，干净，他对每一个老师鞠躬，对每一个女孩微笑。他是能让身边所有人都喜欢的男孩子。此刻的他，站在林爽然面前的他，穿着天蓝色的衬衫，扣子系得整整齐齐，米色的裤子一尘不染，没有一丝褶皱。他抱着那么多的书，一看就是个认真的男孩。脸上带着温和的表情，步子平稳地走过爽然。经过的时候他居然微笑着对爽然有礼貌地打招呼说："你好，林爽然。"

他原来是知道有林爽然这个人的。爽然惊喜地想。她感觉自己的脸有一点发烫，好像快要窒息一样。但是正是因了这样的一想，她忘记了回应辞水的招呼，她连一句"你好"都来不及说。可是那时爽然并不知道，为了那一秒钟的迟疑，她付出了十年的代价。

那天晚上爽然写了她生命中第一篇日记，在那个有着淡粉色封面的漂亮本子上，她用娟秀的字体工整地写下：

我要记得今天，记得那声问候和那个笑容。它让我知道了这头长发应该为谁而留。

1998 年 11 月 22 日
北风呼啸的晚上，爽然的手被冻裂了一道长长的口子。

七年后回望那段逝去了的岁月时，爽然才蓦然惊觉，1998年原来是自己生命中最快乐最幸福的一段时光。13岁的林爽然彼时已经出落成颀长俏丽的女孩，眉宇间有娇俏灵动的可爱，反应机敏，伶牙俐齿，依然是瘦，但那个时候瘦已经成为多少女孩求之不得的上天的恩赐，立在那里时会有无数人感叹这女孩真是条顺。那个时候林爽然的长发已经剪去许多，束成马尾，清清爽爽挽在脑后，走起路时马尾一摆一颤，有着锐不可当的美丽。更难得的是，那个时候的林爽然成绩非常之好，永远是高居年级第一的位置，英语和历史尤其突出，是老师们最钟爱的学生。

最让爽然未曾意料到的是会有这么一天，自己可以和夏一婷站在同样的位置上。那个时候她们依然是同校，均是年级里出色的学生，但是已经开始有人拿两个人来比较。"林爽然和夏一婷谁更漂亮"是男生中盛传不衰的话题。这是三年前的爽然想都不曾想过的。她从不知道，有一天自己可以处在和夏一婷同样的高度，接受同样的赞美。还有那么多的男孩子，他们会对自己好，无微不至地好。

颐和跟时箫就是其中的两个。

颐和，时箫……让爽然怎么评价这样的两个男生呢？同班同学，两个人，加上爽然，是班里的前三名，排座位的时候老师也许是用了心的，颐和，时箫，两个人一个在爽然左边，一个在爽然右边，于是上课的时候是三个人高谈阔论，下课的时候是三个人插科打诨，三个人是年级里面的传奇。可是两个人性格真的有太大差别，颐和就像他的名字那样，温和宽厚，从来不见有太大的感情起伏；时箫是聪明绝顶的孩子，能轻易地看穿人的心事，他的跳脱和机变是爽然从未见过的。

11月22日的夜晚在爽然记忆里是前所未有的寒冷，却也是前所未有的温暖。

那个时候他们已经上初二，每个晚上要上自习。11月末的北方城市有着刺入骨髓的寒冷，爽然总是害怕这样的天气，她一向是出奇地怕冷的孩子，单薄一点的女孩大抵如此，没有足够的脂肪储备自然缺乏抵御寒冷的资本。最要命的是，每年的这个时候她还会生冻疮。爽然最讨厌那些紫红色的冻疮，那些狰狞的口子每到这个时候就会过来啃啮爽然的双手，让原本纤细的手指肿得粗大，难看地在她的指间张牙舞爪。

晚上的时候他们坐在教室里做数学题，是非常难的全国联考题目，老师发给尖子生的特别作业。爽然有时候会皱一皱眉头，间或转一下手中的钢笔，想到答案时就啪地把笔一拍，然后开始奋笔疾书。但是有的时候会感觉到手指的疼痛，那些裂开来的口子像是难以甩掉的魔鬼，得意地折磨着爽然。爽然终于支持不住，发出轻声的哎哟声。

最先注意到的是颐和，他很快地转过脸来："你怎么了爽然？"

爽然无所谓地一笑："手冻裂了个口子，有点疼。不过也还好，没什么大关系的。"

颐和像是发现什么惊人的东西似的马上凑过来捧起爽然的手检查。爽然本能地把手一缩，你知道在那个年代的孩子们还是非常拘谨的，对男女生之间的交往始终保持着小心翼翼的态度。但是颐和似乎根本没有顾及到这样一个细节，他只是认真地攥着爽然的手仔细地审视，神情里面没有搀杂一丝的邪念。末了他表情严肃地问："应该会很痛吧？你的手一直这样吗？"

爽然淡淡一笑："一直这样，好多年了。疼是疼，好在都习惯了。"

"怎会经常冻手？"颐和问。

"大约指尖常年冰冷的缘故吧。医生说我末梢循环很差，所以一双手四季没有热过。"爽然回答。

这时候颐和做了一个令爽然多少年来都念念不忘的动作——他一把抓过爽然的手，把他那双大大的手覆盖在上面。"你的手这么凉，应该有人给你捂捂手。你太瘦了，很容易冷的，难怪会长冻疮。"颐和的双手是滚烫的，它们的温度一丝一缕地传递过来，很快让爽然冰凉的双手变得温暖。可是那个时候爽然还不知道颐和的手何以那样温热，她只是天真地以为男生的手都是常年滚烫的。还有，那个时候爽然忽略了很快跟着投来的时箫注视的目光，那目光很快便缩回了。

那一瞬间窗外有呼啸而过的北风，凌厉迅疾的样子，挟带来刺骨的寒冷。但是林爽然周身是暖的，不只是指尖，不只是双手。皮肤有一点轻微的震颤，心房亦然。

那是第一次，第一次有一个男生把双手这样自然地覆盖在爽然的手上，肌肤相触的瞬间是那种别样的感觉。时隔多年林爽然回忆那一幕旧事，耳边似乎还有那夜的风声，指尖似乎还有那夜的温暖。

2000 年 5 月 31 日

星光灿烂的晚上,时箫签的同学录是星空下更灿烂的钻石。

　　2000年的夏天来到的时候林爽然即将初中毕业,中考安排在那年的6月,于是5月成了对爽然而言分外繁忙的一个月份——忙着告别许多人,因为这场考试后许多原本熟悉的人都将不得见——成绩优异如林爽然、颐和跟时箫将毫无疑问地升入全市最好的高中,但是很多人,他们也许会进入一所普通的高中,或是职业学校,甚至不再继续念下去。爽然想及此,会有一些伤感,但也能安然地接受——每个人有他自己的命运,有他要走的路,这命运和道路都是不尽相同的。但是,谁又能说清楚哪一种更好呢?那些最终进不了重点中学的孩子们,他们也许现在看来是失败的,但是真正的幸福,谁又能说只是单单决定于这一点呢?他们也许会很早就为人夫,为人妻,为人父,为人母,有他们平淡而温馨的小幸福,有他们安静而甜蜜的家庭。

　　这个时候做得最多的一件事就是大家忙着交换彼此的同学录,一本一本的,厚的薄的木制封面的古典风格的卡通图案的统统交到别人手上。爽然手头已经积压了一大摞——她是人缘超好的女孩,许是因为她的美丽,许是因为她的出众,那么多人希望不要与她就那样单纯地擦肩而过,希望她能在他们生命里留下更多的印记。而爽然因为对待同学录的态度格外认真,每签一本总要斟酌思量许久,所以进度一直不快。

　　最难的是签颐和还有时箫的。这两个朋友现在已经成了她生命中最重要的人,想到几个月后大家也许不会再同班,爽然会觉得格外地难过。于是对待他们二人的同学录分外地用心,字斟句酌地,小心翼翼地,忖度良久地,不能有一字的偏差,不能有一字的平凡——这二人又怎能等闲对待?终于签好两份同学录——交到颐和和时箫手上时,竟然有种如释重负的感觉。

　　5月31号晚上是上课的最后一天,此后他们要进入为期一周的停课

复习阶段。晚自习放学，爽然收拾好东西往外走，她的动作特别慢——就要离开这生活学习了三年的教室了，心里有深深的不舍，爽然想再最后多看几眼这个她有着深厚感情的地方。这个时候突然听到有人叫她的名字，爽然转过头来，是时箫，一只手抓着书包一只手举着一本东西急匆匆地朝自己跑过来。

顷刻间爽然觉得意识有点恍惚，奔跑中的时箫仿佛幻化成一个影子，离自己越来越近却觉得那么缥缈。爽然看着时箫，突然觉得他和自己初次见到时一样，还是那样瘦瘦的，机灵而锐气的，办事干脆利落的。可是又和三年前发生了太多的变化，身上的孩子气已经褪去，唇边有了淡淡的胡须，五官的棱角开始变得分明起来。是啊，时箫长大了。其实不只是时箫，一转眼三年过去了，大家都长大了。

这时候时箫已经跑到爽然面前，爽然才看清他手上拿着的原来是自己拿给他签的同学录。"给，我很笨的，签了这么久才签好。"时箫的额头已经满是大汗。爽然看着因为奔跑而气喘吁吁的他，突然觉得他很可爱。

"那，我先走了。记得同学录要回家以后才能打开来看哦！"时箫一面朝前走一面叮嘱说。爽然看着他一点点远去的背影，禁不住笑了。

临睡前爽然才想起来要看那本同学录的。她拉过一把椅子，在靠窗的位置坐下来，从书包里翻出自己的本子，翻到时箫那一页，一下子就怔住了——那是多么满满腾腾的一页啊，密密麻麻写着时箫所有的心语：

爽然，认识你以来发觉你是我最佩服的女孩，当然，也是我最看重的女孩。

你还记得吗，第一次，考试是我超过了你，你很伤心很伤心。那个时候我就发誓，今后的第一名一定要留给你。我不想再看你伤心了。

不知道为什么，我总有一种预感，高中我们不会再同班了。心里有一种莫名的难过。

如果许愿可以灵的话，我想许个愿，许愿我们能进同一所大学，我们一起考中国政法，然后去看香山的红叶，玉渊潭的樱花。

　　记忆中那晚的夜空是无比的灿烂，繁星点缀在天幕上，有一种坦荡荡的明亮，然而时箫的同学录是比繁星更灿烂的钻石，悦目地闪烁着，闪烁着。它这样地提醒着爽然过去的三年时光，那些点点滴滴的往事，那些丝丝缕缕的心情，它们或许可以被爽然铭记一辈子，可是，它们毕竟已经过去了。过去的就是过去了。

　　有时候觉得有些过往就像是打在心上的结，走一步，结一个，走着走着突然之间停下来回头看，蓦然发现那颗心竟然已被自己结得千疮百孔，摸一摸都扎手。可是终究是舍不得将它们解开的，又或者，根本就无法解开。

2001 年 10 月 10 日
云淡风清的晚上，心底那个埋藏多年的名字重新被唤起。

　　2000 年的时候林爽然果然如愿考进全市最好的高中，在这所学校里老天赐给她最大的礼物就是丛眉。

　　其实在高中的日子对林爽然而言是段很矛盾的时光——真的不知道该怎么评价。如果说失意的话，她林爽然一进校门就因为中考成绩出众外貌出挑成了所有人关注的对象，一时间全校男生日日把"林爽然"三字挂在口头倒唤得她是风生水起；那个时候"林爽然"三个字于男生而言是无比尊贵无比清雅的字眼。可如果单凭这样就说林爽然万千得意的话，高中骤然变深的课程还是颇让爽然伤脑筋的。再加上班里复杂的人际关系——像林爽然这样的女生是天造地设的众矢之的，摆明要遭够女生白眼和嫉妒的，于是林爽然的高中生活成为一件难以评说的事物也是理所当然了。不过这三年的时光之所以还不那么苍白不那么单薄，全是因为有丛眉。

遇到丛眉以前，林爽然从不知道女孩子之间可以有那么亲密那么要好的感情。本来她们的接近只是班主任的刻意安排——爽然的文科进了高中还是好得出奇，理科就有点吃力，而丛眉刚好是那种理科超级棒文科缺根筋的家伙。于是这一对刚好组成黄金搭档，以做事雷厉风行著称的女班主任毅然拍板把两个人安排做同桌。不过有个理由林爽然也是多年以后才从班主任那里听说的，四年以后大二的寒假林爽然回到从前的高中参加同学聚会，其间他们请了班主任。班主任拉过爽然的手说："爽然你知道么，以前给你排座位是我最头疼的事，因为你太漂亮，根本不敢给你排男生坐同桌恐怕影响你们学习。"她还颇为神秘地凑到爽然耳边低语："看过《天生丽质》么？里面的女主角很像你，可我那时候也没敢跟你说。"

现在让我们倒回去看2001年。无论此后的林爽然成为怎样的人，2001年的林爽然都仅仅是一个尽管美丽但是瘦弱稚嫩的小女孩，带着所有女中学生惯常具有的青涩，考虑的事情也永远带有中学生特色——考试，升学，排名，补课……那个时候幸好有丛眉在身旁跟林爽然分享或者分担这一切。结伴去逛街，拉着手到书店买参考书，躺在爽然宽大的双人床上唧唧哝哝的嘀咕着班里的小故事，在课间一起讨论数学题目，放学以后形影不离地到学校食堂吃饭……能想起的和丛眉在一起的瞬间太多太多，以至于事后林爽然跟钟齐讲起自己的高中生活的时候，发现丛眉占了意想不到的绝大篇幅。

爽然本来以为，她和丛眉之间可以就这样一直没有秘密地走下去的。可是2001年10月10日，一场谈话，一场两人之间的谈话改变了这一切。

10月10日，这个日子真的很重要。不是因为它是辛亥革命胜利的日子，也不与任何国内国外的大事有关。只因为——这一天是丛眉的生日。2001年的10月10日是丛眉的17岁生日，雨季来了。

2005年的林爽然回过头看那一天的时候，突然觉得那时候大家都是多么的青涩呵！17岁呵，只有17岁的少女才会有那样欲说还休的心事，才会有那样若有若无的感情。

那一天还在上课，所以不能特地搞一次大规模的庆祝，于是爽然给丛眉订了一个蛋糕，下午放学两个人就在学校食堂里面聚餐。更有意思的是丛眉还带来一瓶红酒，两个人就那样有模有样地为丛眉的17岁cheers。那个云淡风清的晚上，两个女孩聊了很多很多，对大学的憧憬，对未来的描绘，学校生活的烦恼，童年的趣事……突然丛眉冷不丁地问爽然："爽然，你心里面有深爱的男孩吗？"

　　爽然呆住了。她不得不承认自己长了这么大从没认真地考虑过这个问题。在高中里面有太多自己的追求者，可是他们中没有一个可以称之为爽然"深爱的男孩"。想到这里爽然一阵惆怅，她只能反问丛眉："没有。那你呢？"

　　丛眉踌躇了很久，终于她回答说："有一个……他是跟我初中同班的男生，成绩很好，人也和气，班里很多女生都喜欢她。那个时候我们都是班委，所以有很多机会在一起，可我猜想他也许从没注意过公务以外的我。毕竟……我实在是太平凡了。"

　　爽然凝视了丛眉一阵——坐在她对面的这个女孩确实不漂亮，圆圆的脸蛋，胖嘟嘟的手臂，厚厚的短发。没有高挑苗条的身材，没有精致清秀的五官，没有飘逸柔顺的长发。但是这个女孩有一颗天下最厚道最善良的心。爽然心里默默地想，其实如果那个男孩能得到这样一个善良真诚的好女孩，那应该也是非常幸福的吧。

　　"那个男孩……他叫什么？"爽然这样问出来。

　　丛眉的脸红了一下，头很快地往下一偏，但是并没有拒绝回答这个问题："嗯，叫……樊辞水。"她的眸子灼灼发亮。

　　樊辞水？

　　樊辞水！

　　樊辞水……

　　六年了，爽然心底一直尘封着这样一个名字。她把它当宝贝一样地封存在那，不愿意更不舍得轻易提起。从六年前机房门前的那一次偶遇

开始，他成为她少女时代珍藏的情感陈酿，她的初次心动，她的欲说还休，她的念念不忘，她的小心翼翼……可是那个被她珍藏了那么久的名字就这样轻易地被丛眉提起，那一刻爽然心底突然一阵心痛。

"爽然，我常常在想，如果我像你那样美丽，我就有信心面对辞水了。有的时候我真的好羡慕你，你是那样美丽那样幸运的女孩。"丛眉长叹一声，这样对爽然说。

爽然的心开始剧烈地绞痛。她再次地注视着面前这个女孩，她知道她讲的一切都是实话。她也听出了在她的心中辞水有着多么举足轻重的地位。就在那一个瞬间爽然立刻作了一个决定：她要帮助她，她要帮助她赢得辞水。这于爽然而言无疑是种牺牲，却是她心甘情愿的。爽然想起自己最喜欢读的《安妮宝贝》的小说里有这样一句话："我想有些事情是心甘情愿的，有些事情是无能为力的。我爱你，这是我的劫难。"

2003 年 6 月 6 日
人心浮躁的晚上，是他们让林爽然的世界霎时变得安静而平和。

2003 年 6 月，林爽然迎来她生命中的一件大事——高考。那段回忆在任何人看来都应该是刻骨铭心。可是比高考本身更深刻地镌刻在爽然心上的，是高考前一晚的时光，是那一晚让她突然发现了自己生命中所有的美好。

那个时候的林爽然已经是这所中学里最最引人注目的女孩子，因为复习备考越发消瘦的她看过去更有一种憔悴美，总是白裙飘飘，眉头微蹙，有那么多人拿"林黛玉"来形容她。经历了这么多年的时光她同样长大了，不再是小学那个锐利坚硬的女孩，也不再是初中那个英气聪敏的丫头。现在她长成了娴静如水的姑娘，和声细语，步履轻盈，更多的时候安静地坐在那里用漆黑的瞳仁打量这个世界，是这样温顺和婉的女子。

可是这样和婉的女子次日不得不面临一场残酷得异乎寻常的拼杀，

时光是个巨大的沙漏，
细沙从我们指间流走，
应当觉察的往往被忽略，
应当铭记的往往被忘却，
应当保留的往往被删节。
我们还剩下些什么，
是我的红袖乱舞，
还是你的容颜如雪……

在2003年6月6日的晚上，天空中有大片大片褐色的鸟群扑簌簌地飞过，空气是浮躁的热，人心同样浮躁地纠结着。那天晚上的19点11分，林爽然站在阳台上，看高天上的流云随意地变换着，心里突然又涌起《安妮宝贝》的句子："当一个女人仰望天空的时候，她并不是想发现些什么，她只是寂寞。"林爽然想着自己的高中时代就要这样过去了，那些略带凛冽略带平淡的寂寞时光，它们是怎样这么快就从自己指间溜走了呢？

这个时候突然电话响起来，爽然接起电话，是颐和打来的。

"爽然，我打电话看你有没有在家，明天的考试一定不要紧张，你肯定没问题的。"颐和的声音始终让人听来心安，语气里没有太多的起伏和重音，但是透着平淡中的安稳和淡定。爽然觉得自己一向是习惯于这种声音的，如同她一向是习惯颐和这个人一样。

"好的，谢谢，你也一样。"爽然突然开心起来。颐和就是这样，只要有他在，只要听得到他的声音，你就会觉得这世界上永远不会发生什么严重的事情，这世界永远安定而美好。

然后爽然听到颐和说："爽然我给你放首歌，你不要说话，什么都不要说。只静静地听着就好。"于是爽然听到电话那头，颐和的电话里传来了光良深情款款的声音，是那首很受欢迎的《身边》："坐在你的身边是种满足的体验，看你看的画面，过你过的时间……"很熟悉的旋律，很熟悉的歌词，却让许许多多细细碎碎的东西突然之间都纷纷浮现，很多的画面渐次清晰，一幕一幕都是这六年来同颐和一道走过的点点滴滴。爽然刹那间泪如泉涌，因为她只有在这一刻才意识到马上就要面对没有颐和在身边的生活了，少了他的呵护，他的纵容，他的迁就甚至他的溺爱……未来的日子无从想象。

可是就在爽然的啜泣声大到可以被电话那头听见时，却听到颐和缓缓地说："镇静点爽然，从现在开始要安安静静的，什么都不要做，什么都不要想，会有天使来守护你的。"然后依然是那么从容地收了线。

然后是收到时箫的短信："爽然，记得我们的中国政法之约，不可以

失约哦！你答应给我四年的大学时光的☺"最后那个笑脸跟时箫本人一样俏皮。这两个男孩子就是这样，永远一左一右地守候在爽然身边，提醒着爽然他们的优秀和他们的善良。可是今天他们这样默契地问候爽然，只能提醒起她太多太多的往事，提醒起他们终将分开，提醒起他们不可能就这样陪爽然走过一辈子。爽然的眼泪就这样泛滥成灾，不可收拾。可是当流泪过后，爽然会发现曾经正让自己烦躁的情绪和思想突然全部清空，心底留下的只有透明的宁静。于是她在心底默默地说：

　　颐和，时箫，感谢你们，感谢你们让我的世界霎时变得这样安静而平和。遇见你们是我一生当中最好的事。

2004 年 7 月 1 日
　炎热干燥的晚上，谁可相倚，谁可相倚。

　　2003年的夏天林爽然结束她的高考并在这一场战役中成为胜利者——她真的如愿考到了北京，考进了自己喜欢的大学和喜欢的专业，虽然不是中国政法。

　　跟时箫的那个约定林爽然算是失约了吧，可是对方同样失了约，而且比林爽然还要离谱——时箫没有考进北京的任何一所大学，他去了广州，在越来越吃香的广外贸念外语专业。

　　颐和去了长沙，那所有着悠久历史并以岳麓书院为豪的著名学府，读听上去很有实用性的给水排水专业。

　　丛眉去了安徽，学会计——这一向不符合向往工科的她的理想。

　　还有谁，还有谁不曾尘埃落定？——是了，是辞水，这个尘封在爽然心中多年的人。他去了上海，念的是赫赫有名的上海交大。至于专业，爽然忘记了，真的忘记了。其实爽然原本也以为自己会牢牢地记住关于辞水的一切的，她以为事关辞水的种种已经被自己用小刀刻在了心上，可是她不曾料到，自己竟会忘记关于辞水的这些点滴。

高考过后的那个暑假林爽然几乎成了这世上最令人艳羡的女子——手里攥着大红的名校录取通知书，即将投向一个前途无量的专业怀抱；因为高考消瘦得清丽绝俗，纤腰一握；没了升学的压力尽可能地释放自己的美，长发飘飘白裙猎猎，竟是个十足的美人；还有大把大把悠闲的时光可以供自己挥霍……照说林爽然应该放纵自己去声色一场了吧，可她偏不。她仍是这样安安静静地坐在书房中，坐在自己的电脑前，每日里脸上带着淡淡的表情敲字。两个月的暑假过完电脑里已然存了十七万字，她给它们起名叫《浮生散记》，这样淡雅这样安心的名字，跟她的人也是一样。然后她把这些美好的文字寄给出版社。

我只是想写写自己这一路走来的感悟，写写那些爱我的和我爱的人。有些感情可以尘封，但是有些感情，注定必须纪念。林爽然这样说。

2003年9月的时候林爽然进入大学，开始了对她而言新鲜而关键的一个学期。在这个学期里，她终于告别家乡走入自己心仪的大学，开始告别许多人，结识许多人，思念许多人，打量许多人。而在这个学期快要结束的时候，《浮生散记》开始大卖。林爽然这个名字陡然成为许多人所熟悉和喜爱的名字，她的生活也因此而发生了翻天覆地的变化。每天的日程都排得满满，参加签售，到电视台录节目，出席文化公司策划的各种读者见面会，给各大杂志写专栏……2003年下半年的林爽然，就像一只沉寂了很久的孔雀，一旦张开她美丽的羽屏就马上绚烂夺目，美不胜收，那些骄傲的美丽从安静的表象下毫无保留地流泻出来。灿若春花，灿若春花呵。

那段日子林爽然是忙碌的，同时也是快乐的。就这样忙碌并快乐着，一直持续到次年的夏天。只是，在忙碌的间隙，她会偶尔地想到辞水，想到那个给了她最初心动与心跳的男孩，不知道他现在怎么样，过得好不好。但是爽然会马上想到丛眉，想到三年前她提到辞水时灼灼发亮的眸子，想到她因为羞涩而通红的脸，想到她低头时的甜蜜，想到她无奈而悠长的叹息……这世上也许不会有第二个人知道，似林爽然这般风光无限秀丽夺人的女子，会在无数个夜深人静的夜晚存着这样的心事，思念起这样的人。

那个时候爽然遇到钟齐。钟齐是同班的男孩，喜欢穿深色的T恤，可以在电脑前一呆就是几个小时。因为几次班上的活动他们熟识，钟齐买了爽然的书，经常会拿着上面的文章过来对号入座问爽然这个写的是什么，那个写的又是谁。是可爱的男孩子呀，爽然有时候会在心里这样小小地想一下，然后又在想人与人是多么不同，为什么同样是喜欢电脑的男孩子，辞水跟钟齐竟然能有这么大的不同呢？

可是想到辞水，心下又是一阵痛——三年前自己立下了那个誓言，什么时候都不会忘记。

于是开始疯狂地帮助丛眉——上网的时候碰到辞水，玩笑间嘻嘻哈哈地问他丛眉怎么样，可对她有感觉。得到的是否定的回答，心底一阵失望却是一阵欣然。然后在辞水面前说一大堆丛眉的好话，辞水却只淡淡地一句："爽然你不明白。丛眉是好女孩，只是我喜欢的不是那样类型的女子。"再拼命追问那他喜欢的是哪样类型的女子，心底却已暗含了期许。然而辞水还是那样淡淡发过来一个笑脸，再不作答。

2004年7月1日，爽然还记得那是个炎热干燥的日子，晚上的风同样地炎热干燥。她洗了澡，在宿舍里趿拉着鞋走来走去——已经忘了为什么烦躁若斯，非要在小小一间逼仄的宿舍里徘徊。突然接到丛眉的电话，语气里满是欢欣喜乐："爽然我告诉你，我恋爱了。"

兀的一惊，心道丛眉这丫头怎生把辞水摆平了，电话那边传来丛眉快乐的絮叨："是我们学校的，国际贸易专业的一个男生。对我超级好。"天哪，语言已经贫乏到形容"好"只拣出一个"超级"的地步，想必那男生待丛眉也是真好，丛眉也是真快乐了吧。可是再一转念间，看看丛眉，想想自己，还是那样四个字涌上心头：谁可相倚，谁可相倚呵。

2005 年 4 月 23 日

月华如水的晚上，执子之手，一世心安。

大学的生活是爽然可以轻易适应的。眼看时光飞逝，她在这光阴间来回穿梭，左右逢源。拿特等的奖学金，参加大大小小的比赛统统捧回奖杯，有了一大标很铁的朋友，文字还是时常见诸报端。林爽然，林爽然，在这所学校里面没有人不知道林爽然。外校的人打听着新闻系的林爽然，仪态万方的林爽然，才气逼人的林爽然，清丽绝俗的林爽然，风光无限的林爽然……很多的男孩子写信过来，说想要结交她，爽然总是微笑地应对，得体地拒绝。她现在是这样冰雪聪明这样精灵古怪的女孩子。可是无人时爽然还是会千遍地思忖，如何能让自己的感情这样颠沛流离，居无定所？

时箫曾经发来短信，语气是一日比一日地暧昧，他唤她爽然，然儿，小然，然，他记得每个清晨发短信叫她起床，他在每一个北京有风的日子提醒她多加衣服……终于有一日他问她可不可以让他照顾她一生一世。

爽然回头看和时箫走过的这些年，他与她之间不是没有感情，可是那一个人霸道地在她心底停驻了太久，让她没了空间再可以给别人。时箫……爽然承认同他在一起时是快乐的，可是那快乐，与一生一世无涉。

颐和会写来信，每周一封，长长短短的都是同样的格式：先问候爽然，再汇报近况，然后说爽然爽然我很牵挂你。

爽然自然也是牵挂颐和的。从八年前她遇到这个男孩子开始，她便已经习惯了生活中一直有这个男孩纵容和宠爱，帮她暖手，给她疼爱，任她撒娇，时时刻刻听她诉说最多的心事。于是爽然写信给颐和，告诉他关于时箫的事情。

一周后爽然收到颐和的回信，是一封前所未有的长信，信里颐和这样写道：

"爽然，也许你从来都不知道，曾经我和时箫之间有一个赌，我

们都在暗暗较劲谁能得到你的芳心。因了这个赌，我们各自努力着，你追我赶地进步着，我们都知道只有足够优秀的男孩子才有资格与你并肩站在灿烂的阳光下。于是这个无法说出口可是对方又都心知肚明的赌成了支撑我们走过艰难的青春岁月的动力。时箫说给你的话，其实也是我酝酿很久想要说给你的话。可是当我知道了你心底的辞水，我只能默默地祝福你，祝你和辞水能有一个好的未来……

读完那封信爽然发现自己的脸上已经满是泪水。时箫，颐和，他们都是自己生命中这样重要这样好的男孩子，可是她和他们之间终究都只能是遗憾。在感情世界里，游戏规则就是这样奇妙：八年相知，不抵一夕相思。可是这些东西，辞水他怕是永远都不会知道了。

倒是钟齐有时候会陪着爽然打乒乓球，吃饭，转操场，听她讲这些乱七八糟的心事。钟齐是孩子那样的男生，眼睛里面都是单纯，虽然聪明，但那聪明是一眼看过去便觉澄澈干净的。

2005 年 4 月 23 日
爽然终于挥手告别了那段纠缠了她整整十年的感情。

那天是爽然的 20 岁生日，可是一天的日程她都安排得满满的。上午是请同寝室的女孩们吃饭，下午赶去录一个节目。坐在地铁上看着身旁形形色色来来往往的红男绿女们，爽然突然觉得心烦意乱。她想起辞水，想起也许此时正坐在电脑前面专心致志地做着工程绘图的辞水，于是拿起手机打算发一条短信给他。

就在这时候有短信进来，刚好是辞水发来的："我在你心里是哪种口味的冰淇淋？巧克力，香草，咖啡，蓝莓，红豆……"爽然想也没想就回了"蓝莓"——那是她最喜欢的口味。辞水的回复马上接踵而至："蓝莓，暗恋的人。"

......

　　怎么可能那么准呢？怎么可以那么准呢？爽然几乎要呆掉了，樊辞水，这个聪明若斯的男子，他仅凭一个小小的心理测试就那样轻而易举地看穿了隐藏在爽然心底十年的秘密。这个秘密爽然从来没对任何人说起，每每牵扯到，心下总会有锦缎碎裂般的痛，华丽而忧伤。

　　下午录完节目，归来时已是晚上。仍是乘地铁，地铁里却遇上身份不明，怀有恶意的男子。一路都在看爽然，密切关注着爽然的动向。爽然下车他便也下，紧紧尾随，面露凶光。爽然心里突然涌起前所未有的慌张——自小不是胆小的女生，这次却心怦怦跳，呼吸都困难起来。拿出手机发短信求援，第一个想到的便是钟齐："快来接我，我在王府井地铁站。"看着手机显示"信息送出"的字样爽然长出一口气，霎时觉得心安——可是为什么，为什么每次遇到麻烦总是先想到钟齐，而且一想到他就觉得特别心安呢？

　　那天后来的故事变得再简单不过: 钟齐在第一时间赶到了爽然身边，晚间的地铁站依然是灯火通明的样子，呼啸而过的风吹动着他身上的衬衫仿佛吹动着一面旗帜。爽然看着他跑下地铁满头大汗的样子，眼泪哗地就涌出来了。也就是在那一刻她突然明白了自己这么多年来等待和寻觅的究竟应该是谁。眼前的这个男孩，他沉默，温和，平凡但是真诚，更重要的是爽然终于发现他是自己早已习惯和适应了的男孩子，只有与他牵手，才能有一世心安的感觉。什么辞水，什么秘密，什么一夕相思，什么十年暗恋，此刻都变得不再重要。爽然发现自己终于可以洒脱地挥手告别那段在心底纠缠交织了整整十年的感情。她明白，从这一刻起，自己的感情再也不是颠沛流离，居无定所了。

　　那七个晚上的故事都说完了，可这人间的剧本还在一出一出上演。管它是绝色倾城，还是碌碌一生，谁生命中没有这样的七个晚上呢？春天的百花秋天的月，夏天的凉风冬天的雪，通通是人世间的好物事，通通是七夕里的好背景。只是，要一一讲完这些，那又是另外的故事了。

Colourful Days

A 同学，你的录取通知书怎么是湿的呀？

大学报到的第一天，齐小麦眼睛里的"博士伦"差点没掉出来——她绝对想不到，在自己后桌坐了三年的闵子卿竟然也会考到这所以"美女如云，帅哥成群"著称的大学里，而且还和自己一样，考进全校最最牛的播音系。

"哈罗——"闵子卿怪声怪气地打招呼，"才女，我还以为你上北大了呢！"

齐小麦简直要气炸："人渣，我还以为你复读了呢！"

其实说完这句话她就后悔了：闵子卿是什么档次，中考勉强擦着提档线上了一中，高中三年坐在自己后桌打了1000多天的手机游戏，脑瓜灵光数学成绩还说得过去，可是汉字英文都写得像蚂蚁爬一样。他这样的人，怎么能和当了三年的学生会主席、考过无数次全年级第一的齐小麦考进同一所学校的同一个专业？

就在这时，齐小麦一低头忽然看到闵子卿手中的录取通知书。齐小麦不愧是齐小麦，嘴上决不吃亏。她甩下一句："同学，你的录取通知书怎么是湿的呀？"便扬长而去，只留下闵子卿一个人在原地气得哇哇直叫："你的通知书才有水分呢！"

B 脖子根的青筋倍儿显倍儿显的。

第一封家信里齐小麦把这一段报到见闻讲给了爸妈。他们的回信很快到了，打头的一句话就是："女儿，以后说话做事要谨慎。到了大学里，优秀的同学很多，太过张扬会吃亏。"

　　齐小麦的"亏"很快就吃到了：一进班就是竞选班委，齐小麦的目标除了班长还是班长。发表竞选演说时齐小麦讲到自己成绩很好，高考的成绩是655分。台下立时嘘声一片："成绩好甭跟这儿呆着呀！""有能耐上清华去呀！"什么尖酸刻薄的话都有，把个齐小麦委屈得顿时就哭了。就在齐小麦又委屈又无助的时候，人群里腾地站起个男生："你们凭什么这样起哄？你们有什么资格这样置别人的尊严于不顾？是，就像你们所说的，以齐小麦的成绩，她完全可以上清华、北大这样的学校。就在填报志愿那几天，她手里还攥着上海交大加20分的推荐生资格表呢！可是她放弃了这些，因为她和大家一样是由衷地热爱播音主持专业，所以她选择了她的至爱。今天咱们大家能走到一起靠的是缘分。咱们珍惜这缘分吧，难道考得好也有错吗？"

　　台下是一阵沉默。沉默过后，人群中爆出了经久不息的掌声……

　　在这掌声里那男生杵得直直的像电线杆一样，由于情绪激动脖子根的青筋都倍儿显倍儿显的。齐小麦擦干了眼睛仔细瞧：那个男生——不是闵子卿又是谁呢？

C　小麦啊，你和闵闵是不是从中学就好了很久了呀？

　　那次竞选的结果是齐小麦最终还是没有当上班长，班长的宝座被一个看上去很朴实人缘也特别好的男生占有。不过意外的是齐小麦当选了据说"在大学里比班长还要重要的"团支书。

　　经历了那天竞选的事，闵子卿就总是粘在齐小麦边上：齐小麦吃饭，闵子卿也往食堂跑；齐小麦上自习，闵子卿后脚就跟到；就连大早起齐小

麦站在大树下面练声，闵子卿都站在她近旁的一株樱桃树下扯着嗓子吼……搞得齐小麦烦透了："同学，你懂不懂什么叫私人空间啊？"可是闵子卿不管，他依旧死皮赖脸地粘在齐小麦边上："还老同学呢，别太绝情好不好嘛？！"

日子久了齐小麦开始着急起来，闵子卿这样搞来搞去的，同学们已经以为他俩是班对了。上次在三教门口碰到辅导员，她还笑眯眯地问："小麦啊，你和闵闵是不是从中学就好了很久了呀？"

这样下去不是办法，那天齐小麦终于对闵子卿发了飙。她冲到闵子卿寝室里，二话没说拖出还在被窝里酣睡的闵子卿："人渣！快起来！我有要紧的事跟你说！"

闵子卿迷迷糊糊地揉着眼睛："我 kao！姐姐！你不怕我春光乍泄啊！"

齐小麦才不管这些，竹筒倒豆子一样地跟闵子卿摊牌："闵子卿我跟你说，你少闹些暧昧不清的玩意儿让人家把我跟你撇不清，你要是再这样侵犯本小姐的名誉权对本小姐造成不好的舆论影响我跟你没完！"话说完门啪一甩就跑出闵子卿住的3539了。

D 其实有个闵子卿还是能省不少事的。

一个学期说慢也慢说快也快，转眼就是寒假了。家在外地的同学都挺为春运期间的火车票烦心，不过齐小麦倒没费什么功夫，因为她的票是闵子卿给递到手上的。

"特快空调车，我买的靠窗的位置。"这是闵子卿进大学以来做得最让齐小麦满意的一桩事。那一刻齐小麦放下手头的英语书仰头看看闵子卿，暗自想，其实有个闵子卿还是能省不少事的。

寒假里的日子过得懒散开心。无非跟一帮高中的同学瞎吃瞎玩。那天大家一起到齐小麦家聚餐，吃到一半嚷嚷着问齐小麦有没有在大学交男朋友。闵子卿无疑是最有发言权的一个，大家都用期待的目光看着他。只见闵子卿慢慢吐掉嘴里一块骨头，十分肯定地说："像齐小麦这等美女加才女在大学还会不发展？追她的人多了去了，人家也优中择优早就选好了。那男生条件好着呢！说出来吓死你们！"大家一听更来了劲，吵吵着让齐小麦讲出个来龙去脉。齐小麦气得不知该说什么好了："闵子卿你少在这里胡造谣！那你说，你说啊，我选了谁了？"这闵子卿也够痞，你让他说时他反而不说了，眯起那本来就不大的眼睛支上了："不说，就是不说。你让我说我就说，我多没面子啊？"

E 齐小麦开始感觉不爽了。

为寒假的事齐小麦没少记恨闵子卿：这家伙，其实看脸也还蛮帅的，怎么说起话来就这么不中听呢？罢了，也只能停留在人渣档次。

新学期开学以后齐小麦变得格外忙：这学期的课程骤然增多，她又接了一份家教做，再加上班里的工作又烦琐又磨人，把个齐小麦忙得脚不沾地。偶尔闲下来也会想：这闵子卿，最近忙什么呢？

齐小麦的疑问终于有了一个解答。

那天齐小麦从系楼录音间里出来，远远看见闵子卿嚼着口香糖往自己这边走来。齐小麦刚想冲他喊"人渣"，仔细一看，天哪，边上不是还跟着个MM么？齐小麦无语了，头一低从边边上溜过去了。

再以后N多天，齐小麦总能撞上闵子卿和那女孩。仔细看了这么几回那女孩还真是漂亮，hot的身材，大得吓人的"电"眼，长长的直发，最要紧的是……和闵子卿走在一块还真像那么回事。等等，齐小麦开始感觉不爽了，她齐小麦为什么会有这样的感觉——胸口沉重酸涩，憋闷得喘不过气来？为什么觉得心烦又说不出个原因来？齐小麦都快被自己搞糊涂了，但有一点可以肯定，就是——她不爽，很不爽。真的是最近好多事情好烦，比方今天早饭的时候，好几个男生过来问："小麦，你家闵闵怎

那么忙啊？好几个星期天都没待在寝室了。"齐小麦没好气地爆了一通："他忙不忙关我什么事，人家干什么怎么会让我知道？我凭什么管人家的事？"搞得那群男生缩着脖子灰溜溜走掉。

F 小麦的眼泪刷地就下来了。

就在齐小麦觉得闵子卿都快从人间蒸发了的时候，闵子卿突然出现了。是在自习教室。齐小麦正猛K英语呢。她打算在大三以前就把六级过了。齐小麦同学可一直都是一个有理想、高追求的好青年！

可是人渣偏偏要来烦好青年。闵子卿高高大大一个身影往齐小麦桌前面一晃："美女，给你的。"话音没落已经扔了张光盘过来。

齐小麦还在迷茫，闵子卿一脸瞧不起："老大，今天你生日啊，送你张盘当礼物，白痴啊！"齐小麦才反应过来——今天是自己20岁生日，哎呀，她齐小麦以后也"奔3"啦！等想明白的时候，闵子卿那家伙不知已闪到哪去了。

晚上回到宿舍，齐小麦把那光盘拿来放——有没有搞错，竟然没有曲子？！

那是闵子卿为小麦做的成长记录，光盘上是小麦从17岁到20岁的样子。高中时穿着白裙子收作业的她，期中考试丢了第一气得趴在桌上哭的她，拿到大学录取通知书一脸欣喜的她，大学里神采飞扬做小组发言的她……有照片，有录音，甚至还有DV！真不知道他从哪里弄到的这些。小麦一点一点地看着，仿佛重新走过了一遍四年的来时路，那种成长的酸涩与温暖，激情与沉淀都一一呈现，如此真实而又如此不真实。

一切的记录都看完的时候，小麦看到了这样一行字："献给我的小麦，我最爱的小麦，我愿意用一生去守护的小麦。闵子卿。2001年6月3日。"

小麦的眼泪刷地就下来了。

结婚以后我老是追问我老公他用了多久追上我的。他说没多久，也就四年啦。我又问他从什么时候开始喜欢我的，他说也就高一啦。我知道他在大学为了追我用了许多卑鄙的手段，包括中伤本人，捏造齐小麦有了喜欢的人啦，其实说的还不是他自己！老孔雀一个！我还问他大学老跟一个PPMM在一起，那PPMM是谁，他竟然说——是他家教带的学生啦！

其实这些问题我大学时候就问过我老公无数次了，可我就是想问嘛！因为他老是说，你永远这样问，咱们就能永远记住齐小麦和闵子卿风花雪月的那些事啦！

知道不知道

那天的雨都是否已料到

所以脚步才轻巧

以免打扰到我们的时光

因为注定那么少

风吹着白云飘

你到哪里去了

想你的时候抬头微笑

知道不知道

　　我想大概很多年后我们还会想起那段往事，那段年少轻狂的岁月，那份欲说还休的心事，那抹无法褪去的流光。那些日子，那些人，那些事，我们……知道不知道。

PART A1　安宁

　　小可……小可这个名字闯入我记忆许久许久了吧。我记得那是初一报到的第一天，妈妈特地让我穿上她最喜欢看我穿的Levis牛仔齐膝裙，adidas的短袖上衣，妈妈说我穿上这身衣服显得英气无比。她希望我在未来的三年初中时光里始终做一个英气的女孩，高高在上、贵不可攀，用出色的成绩把所有人都甩在身后。

其实那天第一件事情是看分班考试的成绩，妈妈和我都深信不疑，不论分在哪个班里，我都必定是全班第一的了。

那天榜单前的情景让我终生难忘。当妈妈的目光从初一年级八个班级的第一名掠过一遍后，她的脸色霎时变了，她带着一种几乎是难以置信的神情转回头来，居高临下地用质疑的眼神望着我，好像在问："怎么没有你？你在哪里？你的名字在哪里？"

其实我已经看到了，看到了那个毫不起眼的自己的名字，它蜷缩在初一八班的名单中，处于第二的位置。是的，在那个光鲜耀眼的"靳可"后面，可怜地跟着两个字："安宁"。没错，它在那儿，就在那里。

更具讽刺意味的是我的入学名次是第九名，这意味着在这个有八个班级的年级里我刚好无法成为所在班级的第一名。而且我的成绩与班级第一，年级第八的靳可只差了 0.5 分，仅仅是 0.5 分。

那一瞬间妈妈的眼神让我感到自己与这身打扮是多么的不相称。这时我看到苏瑶，那个小学时代与自己邻班的美貌女孩，她穿着蝴蝶般绚丽美艳的连衣裙，正站在榜单前对着自己倒数第五名的成绩泰然自若地露出好看的微笑。我深深地叹了一口气，为什么这世界上可以有这么多不同类型的女孩，为什么我不能成为她那样的女孩。

然后我抬起因为沮丧而深埋了太久的头，对着靳可的名字凝视了一分钟，在心里清晰地告诉他，靳可，你等着，我会记住你，也会让你记住我。

PART B1 靳可

初中的生活分隔了我的世界，我和小学时最好的朋友分在不同的班里。还好江哲在，我们幸运地又分在一个班里。不过即使没有江哲也没关系，我想我可以在很短的时间内交到许多新朋友。这一点我对自己一直都

有信心。

中学的同学比起小学要优秀许多，当然这也跟S中是市重点有关。班里有很多特立独行的同学，他们的类型是我以前所没有见过的。比如那个美貌惊人的苏瑶，她有本事在任何场合都同样美丽地微笑，我想这一点不是谁都可以做到；比如那个脾气温和人缘极佳的秦川，他的沉默是种相当危险的东西，因为那个时候他可能在思考着异常深邃的问题；再比如那个叫做安宁的女生，她凝视周遭的眼神总是那样冰冷而直接，更可怕的是她是迄今为止我见过的最最聪明的女孩。In a word, so many people, I can't guess what they think.

但是有一件事情是清晰无误的，那就是我能明显感到安宁对我的敌意。当我发作业给她的时候，她总是客气地报以礼节性的一笑，她比任何人都关注我的成绩，无论结果是我比她高还是比她低，她都会莫名其妙地一阵沉默。她沉默的时候，眼神同样冰冷而直接。

其实有一句话考虑了很久还是必须承认，那就是她穿那件Levis牛仔齐膝裙和那件adidas的短袖上衣时显得非常英气，这英气带给她一种与苏瑶完全不同的别样的美丽。

中学的功课一下子比小学繁重了许多，这首先源于那突然多起来的课程，除了惯常熟悉的语文、数学，还有从未接触过的英语历史地理政治生物……我发现身边有好多同学为了应付它们而手忙脚乱，但我从来不会。我可以在课间抓紧每一点可以利用的时间把它们一一完成然后继续潇洒整个的放学时光。我想中学的生活我几乎没有花什么时间就完成了适应的过程。

PART　A2 安宁

在这个班上我发现只有两个人能井井有条地把各门功课一一完成，然后在放学以后的时间去做更多自己喜欢的事情。一个是我，还有一个就

也绝"草样年华"而
有花样年华之绚丽；
也却"恍然如梦"而
有似水年华之清澄！

是靳可。

　　但是靳可比我要更有优越感。这优越感首先来自他那比我出色得多的英语成绩。我就读的小学没有开设过英语这门课程，因此对于它我不得不从26个字母学起。而靳可不同，在我试图尽可能快速地记住一个zero的拼写时，靳可已经可以相当流利地与老师进行一些日常的英语会话。尽管那些会话日后在我看来浅近无比，可是当时它们让我在靳可面前感到了前所未有的自卑。

　　我不得不面对这个事实——我的英文不好，我张不了口，我记不清那么多单词的拼写，我甚至不知道该怎样去改进它。

　　另外一件让我头疼的事情在于我没有什么朋友。这又和靳可形成了鲜明的反差。在这个班上没有我以前班级的同学，惟一知道的也只有苏瑶了，但那也不过是知道而已。我想我大概是不怎么擅长交朋友的人，开学一个月以来，我只沉溺于抬头听课和埋头学习，对身旁的人和事全然不感兴趣。

　　安家的女孩都是公主。我记得从小爸爸妈妈就一直强调的这句话，公主是应该随时随地保持自己的高傲和美丽的。因此我很少和人说话，不去关注他们的生活，不去了解他们的动态。因此我没有什么朋友。

　　而靳可跟我是完全不同的两种人。开学以来短短的一个月时间，就能有一标男生跟在他的身后，对他一呼百应。有时候我在想这一切仅仅是因为靳可的成绩是全班第一名吗？似乎也并不单单是这样的。对此我只能说这世界上有很多不同的人，他们有些是我以前从来都不了解的。

　　开学整整一个月的时候班里进行了班干部的选举。靳可意料之中地当上了班长，一向以沉稳踏实著称的秦川是副班长，苏瑶继续担任她在小学担任了六年的文艺委员，我则被选为学习委员。对于这个结果我很满意，但也有些汗颜：毕竟在这个班上，我的学习成绩不是最好的。

PART B2 靳可

学期过半的时候我们进行了英语期中模拟小测。这是一次被英语老师强调了很多次的考试，虽然只是个小测。考试的结果在第二天便公布出来——在英语方面并不打眼的安宁拿到了第一名。我注意到英语老师公布成绩的时候，这个一向冷傲的女孩脸上掠过一丝不易察觉的笑意。

安宁……半个学期的观察下来，我发现她沉静、勤勉、文笔极好，有良好的家教，非常的看重学习成绩，不爱与人交往。那么还有呢？还有什么其他的特点呢？其实这个女孩子是我不了解并且想了解的。

班里开始传我和苏瑶的"绯闻"。班长和文艺委的故事好像天生具有吸引力。其实那不过是因为我在上学的路上意外地发现我们是同路，于是有时便结伴而行的原因。

我想找个适当的机会跟苏瑶解释，后来却发现对于这个谣传她比我还不屑一顾，处之泰然。我想那大概是因为美丽的女生总是已经有过太多这样的经历，因此她们对应付类似的事件驾轻就熟吧。

秦川一直是十分低调的样子，当同学们对许多话题津津乐道时，他保持着一贯的沉默。在这段日子里，我们很快成了最好的朋友，因为他是我从小到大遇到的惟一一个同性别的对手。在小学里我的成绩非常好，我记得也会有那么几个同学能与我平分秋色，可她们都是女孩子。女生比男生要勤奋细心，因此她们的成绩也要好得多。但秦川让我发现这个结论在某些情况下是错误的——他是我见过的最勤奋细心的男生，比许多女生还要勤奋细心。平心而论，秦川不及我聪明，但是他的细致与深邃在很多时候让我惊异，让我感到一种可怕的力量。

我发现只有在一种场合下秦川的深邃不复存在，那就是在有人提到安宁的时候。他对安宁有一种特别的关注，有一次我曾亲眼看到秦川捧着安宁的周记若有所思的样子。但我没有跟他提起，秦川是那样一种人，他没有跟你先提起的话题，你千万不可以先向他提起。

PART A3 安宁

下午放学回到家，刚要向妈妈报告学校里面发生的重大事件，妈妈从厨房里探出半个脑袋，安宁啊我今天在路上遇到苏瑶了，她比以前又漂亮了。

是啊。苏瑶长成了益发美丽的女孩，她的光芒很多时候甚至刺得人睁不开眼睛。我记得小学的时候课间她穿着桃红色的长裙从我们班门前飘过的时候，班里所有的男生都睁大了眼睛往外看。现在的她比那个时候更加美丽了，头发已然留得更长，垂到腰间，有时候结成粗大的麻花辫子，有时候就那么随意地散开来，白净俏丽的脸上有种惊人的夺目。在班上她是文艺委员，常常能够听到她用银铃般的声音说话和笑，甚至是唱歌。还有她走路的姿态，那么好看，就像是跳舞。

一个女孩，能够美丽到这种地步，即使成绩始终是班里倒数十名以内，也应该有理由每天都开心得不得了了吧。

这样想想，心里突然涌上一种说不清的情绪。

其实我刚才想告诉妈妈的是，靳可的班长被撤掉了。原因是他和班上的劣等生曾磊打架。至于打架的原因，班主任邱老师把他们两个叫到办公室，他们谁都没有讲出来。

但是现在我突然没有兴致跟妈妈说了。男生们的事，谁知道他们呢，随他们去吧。邱老师说最近马上要期中考试了，这是进初中以来第一次比较正规的考试，而且秦川告诉我说，期中考完邱老师有可能根据考试的成绩对座位进行新的调整。我想我应该努力努力再努力了。

PART B3 靳可

期中考试终于铺天盖地地全面席卷而来。这是一场我等待了太久的

战役，我想除了我，秦川，还有安宁，都早已蓄势待发。

当坐在考场上拿到卷子的时候我禁不住笑了。我低估了自己的智商，中学的这点知识在我看来也不过了了。三天的时间过去，一门一门地考完，我们居然有一天考后的假期。这大概是最美好的时光了吧。

于是那天拉上秦川到街上闲逛，看大街上新鲜的事物，漂亮的女孩，也许我们的心和我们的眼睛都被囚禁了太久。

Hi，安宁。突然听到秦川开心的招呼。我转过头，真的是安宁，还有同班的严依。她们手挽着手，每个人各自空出来的手上都拿着一本英语参考书。

我悄悄打量了严依几眼，这个貌不惊人的女孩，齐耳短发，笑容甜美。不久之前听秦川说，她和安宁已经成了最好的朋友。但是我没看出她们身上有什么相似的地方。

Hi，秦川，我跟严依到书店随便逛一逛。安宁笑着说。我发现其实她笑起来也很好看。

那天的后来我记得秦川跟我说了一路的安宁和严依。

期中考试的成绩下来，结果很出人意料——严依是班里的第一名，年级第四名。我是班里第二，年级第十二。安宁紧跟在我后面，是年级第十四名。

没想到第一名会是严依，既不是我也不是安宁。

那天做值日的时候和安宁分在一组，我开玩笑地跟她说：嗬，你瞧，我们的成绩都退步了。

谁能料到安宁的眼泪竟然刹那间就下来了。

我突然感到手足无措。女孩子的眼泪是最柔软而最有杀伤力的武器，面对它们我从来不知道该怎么做。

这时候严依走过来，不言不语地把我拉到一旁，然后告诉我说，安宁的成绩算错了。她本来应该是年级第八的。

我愕然，然后告诉严依说我没想到安宁会是这样要强的一个女孩子。

严依摇了摇头，轻声在我耳边说，你不知道，其实她是非常脆弱的女孩。

PART A4 安宁

期中考试的成绩下来了，我的分数并不理想。不过我没想到超过我的竟然不是靳可而是严依。现在严依是我最好的朋友，她拿第一我很高兴，当然也有些遗憾。

班里的第一批团员选举，只有三个名额，靳可、严依和我被选中。我还被指派为团支书。

邱老师果然兑现了她当初的承诺——按照考试成绩排座位。这是班里一次大的变动，座位的调整可以影响许多人际的格局，这一点也是后来我才悟到的。当然，如果没有那次座位的调整，我想接下来很多的故事也都不会发生了。

教室第三排正中的两张桌子，老师把它们指派给成绩最好的四名学生。我和秦川同桌，旁边是靳可和严依。不过为了体现帮助后进的原则，我们的前面分别安排上了一些成绩处于中下游的同学。我和秦川的前面坐着曾磊和庞荔，后者是一个相当热心相当会照顾人的女生。严依和靳可的前面则是江哲和苏瑶。

一段可以让班里鸡飞狗跳的日子开始了。

首先说说秦川吧。其实秦川是个理想的同桌，温和宽厚，对什么事情都总是好脾气地笑笑。这让他很有"讲题缘"——每到课间他的座位旁边总是聚拢了一群前来问问题的同学，秦川也总是耐心地一一解答。与此同时，鉴于秦川良好的人缘和出色的成绩，为班长空缺考虑了很久的邱老师终于把这个关系重大的职位交给了秦川。邱老师宣布完这个决定后，全班惟一感到惊讶的人就是秦川本人。下课以后他对我说，邱老师怎么可以对我这么放心呢？在小学的时候我最大的"官职"是小组长。

那一瞬间我觉得他真的很可爱。

通常上课的时候我和秦川都会一边跟着老师的思路走一边做些小声的讨论，这时候往往能找到一些新的解题思路或解题方法。而庞荔总会在听不懂的时候马上地转过头来，神情严肃地向我们询问。这个时候曾磊就会在一旁拼命地干扰庞荔听清我们在跟她讲些什么，气得庞荔每每死命地朝他背上捶去。我和秦川都会觉得这很好笑。

靳可和严依那边同样有趣。他们经常因为解题思路不同发生小声的争执，而这争执不知不觉中就抬高了分贝，最后搞得全班同学，甚至包括老师都一阵惊愕。他们的声音就又降下去。另外一件比较有看头的事情是靳可常以逗弄苏瑶为乐，一个典型的例子是苏瑶在上英语课回答不出问题时求助于靳可，然后把靳可捉弄她的答案"I am sorry I am so foolish to answer this question."原封不动地抛了出来，引得一片哄堂大笑。这个时候也往往是爱和稀泥的江哲拉住气急败坏的苏瑶，告诉她靳可不是故意的，他只是性格比较诙谐而已。而严依，她总是在一旁露出置身事外的笑容。

因为座位的关系，班里关于苏瑶和靳可的绯闻传得越发厉害了。我甚至在外班同学那里都听到了关于他们的谈论。女生中最美丽的苏瑶，男生中最聪明的靳可，这个绯闻的确是那么顺理成章。

PART B4 靳可

新的座位调整对我而言意味着一段有趣的时光。教室心脏地带的四张桌子八个人构成了一个搞笑的板块。在这个板块里的每一个人生活得都比以前更富喜剧色彩。

惟一让我有点头疼的是班里关于我和苏瑶的传言越来越厉害。最初的时候我对这一切并不在乎，后来我发现自己还是很在乎的。

比如那次和曾磊的打架，除了我们两人外没有人知道那是为什么。其实那天的情形是这样，曾磊一再地在我面前提起那些有关我和苏瑶的传言，我终于忍无可忍，怒不可遏地告诉他我跟苏瑶并没有什么，让他别乱说。那个时候我心里想的居然不再是如果苏瑶知道了会怎么想，而是……另外一些什么东西。我在吼叫中把这种想法告诉了曾磊，只有曾磊。

但是曾磊比我还要气急败坏地一边朝我扑过来一边对我吼叫，他说既然你不喜欢苏瑶就不要制造这种你和她关系非同一般的假象，你是不是希望苏瑶在这样的传言中和你弄假成真？筋疲力尽之后他沮丧地一点一点蹲下来，告诉我说，其实我一直都喜欢苏瑶。苏瑶苏瑶苏瑶苏瑶……我们是六年的小学同学了。我很庆幸中学还能和她分在同班。可她为什么从头到尾看都不看我一眼。他一面这样说着一面倚着门无力地滑落下去

就在那一瞬间我猛然低头，目光与曾磊相接。我看到了这个平素顽劣的男孩心底温情和无奈的一面。我想在那一瞬间我读懂了他，而他也一样。

于是我们约定不要把那天发生的事情告诉其他任何人。我们很好地信守着这个诺言。因为我们不约而同地认为那是两个男人之间的约定。

但是关于我和苏瑶的谣言还在以越来越猛烈的趋势蔓延。直到有一天一贯善于忍耐的江哲看不过去地以我最铁哥们的身份与我谈话时，我才意识到事情的严重性。他说靳可现在班上把你和苏瑶的事说得像真的一样。咱们的关系就不说了吧，你给个准信：那事到底是真是假？我们也好帮你支着。

你觉得呢？我抬头反问。

从小你就是咱几个的头，谁知道你？真真假假，弄假成真……我说不清。我跟苏瑶同桌这么久，我看她都真有点那个意思了。你先发个话我们才知道该站什么立场啊。

你真的觉得这事有那么大吗？我第一次在抢白江哲之后拂袖而去。

PART A5 安宁

第一次调整座位后，日子仿佛过得特别快。转眼间初一的第一个学期就要过去了。这是一段快乐的时光，我们"铁四角"的关系逐渐奠定。十一月底庞荔生日的时候还专门邀请大家到她家里吃饭，我也在被邀请之列。我想，我正在慢慢地融入这个集体，虽然没有庞荔那么快，但我在一点一点地努力，努力做一个像庞荔、严依她们那样有亲和力的女孩。

庞荔……说到庞荔我发现一个秘密，就是每当大家提到靳可或者发生什么事情涉及靳可的时候，庞荔总会特别地关注。其实她本来就是个心里嘴里藏不住事的女孩，这点自认为隐秘的心事还是被我轻易地看破了。比如有时候我们交谈的时候突然有个男生从教室一角闪过，庞荔总会故作随意地朝那边瞥上一眼，无论那人是不是靳可，目光都马上地游移开来。作为一个女孩子，我是熟悉这样的目光的。因为——我知道很多时候那是秦川看我时的目光。

秦川对我的温和已经达到一种让我恐慌的程度。那个时候我是空前顽皮的女孩子，喜欢和秦川开各种各样或大或小的玩笑。这脾气似乎是被靳可一点点沾染上的。我记得有一次历史课前我把秦川的作业藏了起来，结果上课的时候老师刚好点到他的名字，就在我刚要把隐藏的作业交给秦川的时候，他泰然自若地站起来，回答说："我忘记带了。"恨铁不成钢的历史老师对秦川身为班长带头忘带作业不能原谅，于是她罚秦川站到了教室的最后。

当时的我惶恐极了，我没想到自己跟秦川开的这个玩笑是如此之大，以致闹得不可收拾。然而当事后我惴惴不安地向秦川道歉的时候，他依旧是好脾气地笑笑："没关系，罚站而已嘛！只是这样的玩笑以后不要轻易开了喔。"那一刻我看到他注视我时眼里的光芒，忽然觉得他给我的感觉很像爸爸。小的时候爸爸经常用这样慈爱的目光逗我玩，可是自从五年级的时候爸爸调到外地工作以后，他一年也难得回一两次家，似乎我的生活中已经很难见到这样的目光了。我相信我身上曾经的坚冰已经被这样的生活这样的目光所融化，可我怕这样继续下去，局面会是我难以控制的。

PART B5 靳可

庞荔的生日是整个初一我们欢乐的顶峰。那一天恰好是星期天，庞荔邀请了很多人到她家里去玩。严依说我是第一个接到邀请的男生。

周日那天我是和秦川一起去的，到的时候苏瑶、江哲、曾磊已经到了。苏瑶正在指挥江哲和曾磊摆放桌椅，一旁的茶几上已经摆了七八盘菜。苏瑶那天特别地漂亮，橘色的V领毛衣，精神的马尾辫，明亮的眼睛，似乎她才是这场PARTY的主角。苏瑶说茶几上的菜都是她亲手做的，这让我和秦川不得不以一种另外的眼光来看待苏瑶。

庞荔从厨房里端菜出来，看到我们她显得很开心。她朝我灿烂地笑了笑，我以为她有什么话要对我说，谁知道说出来的却是："安宁和严依怎么还没到？不会有什么事吧？"

我刚要回答门铃响了，进来的是安宁和严依。安宁手上还提着一个蛋糕。

看到我们，她俩显得有点不好意思。安宁解释说因为要等这个蛋糕所以她们来晚了。

午饭开饭的时候座位的安排显得有点微妙，作为寿星的庞荔自然坐在正中的上座。她亲昵地拉着严依和安宁一边一个地在她身边坐下，然后点名要苏瑶坐在严依的边上，然后把我安排到另一边去，于是我坐在安宁的右手边上。秦川在我右边有些沮丧地坐下。由于苏瑶的坚持，江哲紧挨着她坐在了左边，隔断了一直有所期待的曾磊。

于是那天终于有了我和安宁第一次比较多的交谈。她的态度不像刚进班时那样冷漠，而是温和到甚至有些腼腆。然而思想是如我想象中的别样。席间我悄悄地问起她一个问题，如果你长期被谣言扯得与一个不相干

81

的人有关，你会怎么做？她不动声色地说，既是"不相干"，他们怎么传说又有什么关系。你只需关心和你"相干"的人的感受就行了。那是我第一次感到自己接触到了持有另一种思维方式的人，而这种思维方式与我长期接触的江哲他们的完全不同。

数年之后我看金庸的《神雕侠侣》，看到小龙女对公孙谷主说"我干什么要对着你笑，我只对着我的过儿笑"一句时，我突然心领神会地笑了。我觉得那么多年以前的安宁其实和小龙女的风格还是很相似的。可惜那个时候并不知道。

PART A6 安宁

初一的第一个学期就在一场当时觉得漫长现在回想迅疾无比的期末大考中梦一般地飞驰过去了。期末回学校拿成绩的时候迎面碰上邱老师，她对我投来嘉许的目光，安宁啊这次考得不错，年级第三，全班第一。假期要再接再厉呢！

我有些不好意思地笑了。半年的时间过去了，我终于得到了一直以来都想要的东西。我想起半年前自己站在分班的榜单前的心情，我突然感慨良多。半年，说长不长说短不短的时光，我想在这段时光里我似乎已经得到了比预想中更多的东西，虽然有些曾经一直期待的东西来得稍显晚了一些。这次考试我第一，严侬第二，靳可第三。我实现了当初的诺言，然而心里并没有什么太大的感觉。

两次考试下来，班里的成绩格局已然清楚，我和严侬、靳可、秦川把持着班里的前四名，五到十五名是变化纷乱英雄辈出的领域，庞荔的成绩进步了八名，这次是班里第三十五，苏瑶、曾磊他们依然是班里的后几名。

假期的时候过得很消停，除了跟严侬出去逛逛，多数时候还是在家里看书。我喜欢看书，喜欢动笔写写东西，总之我的性格偏于沉静。有的时候也会偶尔地想想靳可秦川他们都忙什么呢？

除夕夜接到靳可的拜年电话，这在我是很意外的事情。电话那头的靳可热情而得体："安宁吗？我是靳可，新年快乐！代问你全家好啊！"一时之间竟然不知道该说些什么。他是这样面面俱到滴水不漏的男孩，处事多么的恰当。

接着是秦川，他在电话那头小心地措辞，祝福我新年和寒假快乐。我们多聊了几句，说的不外乎是同学们的事情。庞荔剪了新发型啊，江哲假期在学吉他啊，严依的鼻炎又犯了啊……最后他故作神秘地对我说，你知道么曾磊向苏瑶表白了。

PART B6 靳可

曾磊对苏瑶的那次表白在同学们看来多少有点搞笑的成分。那是新年前两天的下午，曾磊打电话给苏瑶以我的名义约她到电影院去。经历过不少大风大浪的苏瑶当时就觉得这件事情有不对头的地方，于是她打电话给庞荔，问庞荔愿不愿意第二天下午去看电影。心无城府的庞荔爽快地答应了。于是第二天的局面变得相当可笑——庞荔在电影院门口遇到了准时守侯在那里的曾磊，两个人通气之后都气急败坏，于是庞荔引路两人双双杀到苏瑶家去，曾磊在情绪极其失控的情况下对苏瑶一通结结实实的表白。其结果是苏瑶轻描淡写地笑说你们干什么这么沉不住气，我谁也没有骗你们，我这不收拾好了正要出门么？然后一把夺过曾磊手上的两张电影票径自朝电影院去了。

这件事情之所以我知道得这样清楚，一个很重要的原因是因为后来苏瑶干脆打电话约了我同去。我知道这样有瓜田李下的嫌疑——大家正在盛传我们的绯闻。但我还是去了，在这样的情况下靳可如果不去就不叫靳可了。

跟苏瑶看电影的情形比较轻松，是风靡一时的大片《泰坦尼克号》。本应十分有情调的片子。苏瑶买了无数零食带进去，结果整个看电影的过

程中她都在一边吃一边大发议论。这让我觉得她是个多么可爱的女生，心思灵活，有着相当的聪明但是不把这样的聪明浪费在她认为不值得的事情上面。我一点都不怀疑其实苏瑶完全有能力把书念得很好，只是她不愿意这样，她不愿意放弃自己喜欢的生活。我欣赏这样的人。这样懂得生活富于情趣的人。

于是那天后来我郑重地对苏瑶说，苏瑶也许有一天我会追你呢。

她对我明媚地笑笑。是吗？好的，等你来追我的时候我会特别优先和认真地考虑一下呢。

她说那句话的时候我再一次证实了自己的想法，她真的是一个可爱的女孩子，生活得如此明亮，如此简单。

PART A7 安宁

初一剩下的日子好像过得特别快。隔着这许多年我回头想，却只能找到一些记忆的碎片，怎么也无法将它们串起来了。

参加了几次比赛，有英语书法的，有政治论文的，有历史知识问答的，好像英语那次是我拿了学校的二等奖，政治论文我和严依都是一等奖，历史知识问答靳可拿了第一名。

地理老师很喜欢我和严依，历史老师相当宠爱靳可，那段日子老师们看我们的目光特别慈爱温和。我和靳可历史测验无论大考小测，每次都是满分，这个纪录后来被我一直保留到初中毕业，只可惜靳可没有。

秦川的班长干得很好，学期末的时候我们班被评为优秀班集体，秦川本人也被评为优秀班干。

追苏瑶的人越来越多，有本班的也有外班的。据说曾磊在寒假里的事传得很开，几乎成了年级里面的一个大笑料。

大家合作办过几次板报，后来发现我们这帮人到了一起就效率低下，好像什么也干不了，不久以后板报的事就不了了之了。

我因为出色的成绩和绝对优势的语文成绩开始在年级里出名。几乎所有同学都知道初一八班有个叫安宁的性情孤傲的女孩子,她的语文成绩一路领先,作文每篇都被当作范文在各班读。

还有,邱老师再度进行了座位的调整,原先的"铁四角"被拆开了。

剩下的……抱歉,我实在回想不起来了。

PART B7 靳可

初一下学期开学不到一个月,我就惹恼了教英语的李老师。

事情是这样的。李老师是隔壁七班的班主任,同时带着我们班和七班的英语课。有一次她在我们班排演了一出英语短剧《项链》。安宁演玛蒂尔德,我演玛蒂尔德的丈夫,严依演借项链给玛蒂尔德的那个贵夫人。短剧在我们班上演以后反响相当好,李老师也很满意,然后她请我们在下节课的时候到七班去,把这个短剧给七班的同学再演一遍。可当时我好像不怎么在状态,马上回绝了李老师这个要求。李老师一下子没反应过来,我猜她是万万没料到这样一个小小的要求会在她的得意门生那里碰钉子,于是她严厉地批评了我。我愈加不服,就和她顶嘴,李老师气得拂袖而去,那堂英语课也没上好。

其实那件事主要是我的过错。从小我就是个非常情绪化的孩子,性格相当尖锐,就像一把锋利的刀子。为此我没少顶撞老师,让他们生气。可是他们念在我成绩好都一一原谅了。这次的事情一出我就马上意识到自己这是老毛病又犯了。可是靳可在这样的时候是不会低头的,靳可一贯就是这样的人。

可是安宁并不了解这一点。她向来是懂事的孩子,老师们最疼爱的学生。就在英语老师离开课堂后,她默默地整理好被英语老师盛怒之下拍乱的课桌,然后很小心地走到我身边,在我耳边小声说:"靳可,这件事情你做得有点过分了。我看你应该跟李老师道个歉。"那个时候我在气

头上，甩给安宁一句"我没错，我有什么错？要道歉你道！"就夺门而出了。

事后想想这件事情，确实是我的不对，无论是在对李老师还是对安宁的态度上。晚上回到家里，我第一次踌躇许久才拨通了安宁的电话，我告诉她自己的想法，向她表达了自己的歉意。安宁依然是平素的平静镇定，她说靳可没关系的，你不用太过介意。李老师那里我已经帮你跟她说过了，你放心老师是不会记学生的仇的。

我想不出该说什么好，只能再次地向安宁道歉。

这时候安宁沉默了一下，然后说既然这样靳可我给你提个建议，刀子磨得薄了固然锋利，可是本身也是容易折断的。

那句话让我震撼了许久。最后我答复安宁的是一句不相干的话：安宁以后你可以叫我小可，不用叫我靳可了。

她仿佛没有听见，未加告别就收了线。

PART A8 安宁

初二带给我们的一大变化是课程中新增加了一门物理。这是整个初中时代最难的一门课，格外地强调理解力，注重逻辑思维。被免去班长一职的靳可再度被任命为物理课代表。这门课显然不是我的强项，每天我都耗费了大量的时间用在做那些繁杂的物理题目上，但总是百思不得其解。

相对于我而言，严依他们三个在这门课上就轻松多了，他们都是有着超强理科思维的学生，学起这样的科目驾轻就熟。特别是秦川，他深思熟虑的特点使他在这门课上表现出了惊人的天赋，他很快便成为物理老师最为得意的学生。

真正让我讨厌物理是从那天开始的。

那是一节每次回想起来都觉得再平常不过的物理课，程老师用他习惯的进度讲完了新课，然后轻描淡写地说，把练习册都拿出来，我检查一下上次布置的作业。没做的站起来。

　　我记得那时自己坐在第四组的第三排，教室的内侧，那个许多年后让我回想起来觉得阴冷偏僻的内侧。我坦然地掏出练习册，安静地坐在原处等待着物理老师的到来。

　　后来的一瞬间让我永生难忘。

　　物理老师走到我的桌边，他俊朗的脸庞上带着一丝不可捉摸的笑容，那丝笑容后来想来应当是一个危险的信号。果然他在不言不语地仔细端详完我的整个作业后放下我的练习册，用他那白净纤长的手指一指其中的一道没有完成的题目："这题呢？为什么没做完？"

　　我定定地与他对视五秒，然后告诉他，我不会。

　　那你明明是没做完，为什么刚才不站起来？物理老师爆发了他的愤怒，他用咄咄逼人的口吻铺天盖地地训斥过来，为什么不做完？不会不知道去问问其他同学吗？

　　可是……我以为上课的时候您会讲评这题。我把自己真实的想法告诉他。那么多的作业我只有这一题没写，因为我确实是不会啊。

　　安宁同学，我知道你，接你们的课之前你们邱老师就跟我提过你了，班上的团支书，优等生——所以你就可以搞特殊？为什么别的同学可以站起来，你不可以？恃宠而骄！

　　"恃宠而骄"，这个评语是我听过的最最不符合实际的批评，那一刻我觉得自己无限的委屈。我做错了什么，不过是没有完成一道不会做的题目。也许在物理方面我的悟性一般，成绩也远不如秦川他们好，但是那不代表我没有认真学好物理的态度，为什么物理老师可以这样简单地给这件事情定性。我的眼泪终于无可抑制地流了下来。

　　之后的那个时刻是我记忆中最温暖的片段之一。那一天所发生的事情也许多多少少地改变了我的生活轨迹。

　　靳可霍地站起来，彼时他坐在教室的第一组，和我隔着那么远的距离。可我还是那么清晰地听到了他说的每一个字。他说程老师请你不要这

样简单粗暴地对一个学生作出如此的评价。安宁只是不会那道题目而已。我们每个人都有不会的题目。我记得我喜欢的一位作家说过，好老师用五十种方法教一个学生，差老师用一种方法教五十个学生。这里面有没有值得您本人反思的地方呢？

那一番话在物理老师和全班同学听来无异于晴天惊雷，它让教室里炸开了锅，让物理老师的脸色变得空前难看，却是我听到的最公正，最能代表我的心声，最温暖最有力的话语。它让我听来真正有安宁的感觉，让我在那一刻不再感到孤立无援。

小可，我仰起脸，透过泪水看站在教室那边的他。请允许我在心底这样地称呼你。

PART B8 靳可

物理课代表是我从小到大干得最痛苦的职务。物理老师是那样脾气多变的人，年轻不得志的小伙子，把生活中的许多不如意迁怒到课堂上来，结果是带来了那么多的火药味，那么多剑拔弩张的对峙。

往往是我向他的情绪化发难，我想自己是天性如此桀骜的人，我无法容忍任何人这样毫无道理地凌驾于我和我关注的人之上。

于是有了那次的替安宁说话，我想我只是说了我该说的，我无法压抑一定要说的而已。

有好事者称那件事为"冲冠一怒为红颜"。这当然是附会，无稽之谈罢了。但是自那以后我跟安宁成了很好的朋友。我想这源于她对我的信任。那时我还不知道其实我们是骨子里如此相似的两个人。在后来无话不谈的日子里这些才一一得到验证。

和物理老师的冲突越来越频繁和严重。其中还有一次是因为他在课堂上公然地用让人无法接受的话语侮辱庞荔。庞荔不是聪明的女孩，但是她很用功很用功，有的时候我常常为她鸣不平。秦川总是好脾气地站在我

一点朱砂，两方罗帕，三五鸿雁，乱了四季扬花。

六弦绿漪，七星当挂，八九分相思，顿了十年琵琶。

们两个人中间，圆滑地说着一些两不得罪的话。我开始生他的气，我气愤我的朋友跟我是完全不同的两类人。可是那时我还不知道朋友并不一定必须是相似的，有时候性格迥异的两个人完全可以成为一生的知己。

有时候会开开秦川和安宁的玩笑——这个玩笑，忘了是什么时候开始传起来的，只是因为秦川对安宁的迁就和包容。不过他们是真的很要好，即使不是同桌了，我依然时常能看到许多个课间安宁穿越几张桌子去找秦川聊天的情景。

这个学期我的成绩开始突出，偏于理科思维的物理拖了安宁的后腿，她一直为此烦恼。我和严依则因为物理成绩的骄人占据着班里的前两名。但是妈妈对我说你们班的安宁是个很厉害的女生，她一定不会甘于这种局面的。其实有时候我觉得安宁生活得很辛苦，她是标准的好学生，老师家长最喜欢的那种，有着明确的目标，过人的毅力和惊人的勇气。这样的女生让我多少觉得有点可怕。我常常在想，她为什么不能某种程度上学学苏瑶，看看苏瑶是多么无牵无挂的女孩子。

苏瑶的美丽现在已经尽人皆知。无数外班的同学跑来我们班门口，拉住我们班的同学问哪一个是传说中的美女苏瑶，就好像他们问哪一个是传说中的才女安宁一样。在学校的许多文艺演出上都能看到苏瑶忽闪着美丽的大眼睛纵情高歌或是婀娜起舞，像一个真正的仙女一样。至于安宁，人们不时能在流行的报纸杂志上看到她或长或短精灵剔透的文字，于是人们开始传说八班的两个焦点：这并存着的美女和才女，这闪耀着各自光辉的两个女孩。

PART A9 安宁

1998年的11月8日应该是个值得记住的日子。只因为那传说了许久却终究没有降临的流星雨。它成就了我们一段无与伦比的回忆。

7号的白天班里就开始不安分起来，许多的小团体商量着晚上要一起

去看流星雨。庞荔找到我问我和严依有什么打算，我说很想去但是怕夜里不安全。庞荔又说靳可和秦川他们也打算去，不如大家组合一下一起去。然后我们找到靳可和秦川，他们爽快地答应了。

那天晚上最后去的人是：靳可，秦川，江哲，曾磊，庞荔，严依和我。大家约好了晚上11点在学校门口集合。

11点的时候大家果然都如约而至，而且装备得非常完善。小可挎着望远镜，穿着已经很久没看见有人穿过的长长的军大衣，看起来很暖和的样子；江哲带了他心爱的笛子、手电筒和简单的包扎用品，想得真细；曾磊拿了各式各样的"武器"，大多是些管制刀具；秦川甚至背了一大包吃的，说是给我们女生特地准备的。

十一月的夜晚气温低得怕人，我还没有这么晚出门的经历。我们一群人沿着公路走到郊区，然后选择了一座不太高的山，顺着山路开始向前走。

山里黑得有些怕人，多亏了江哲的手电筒，它微弱的光在前面开路，我们互相扶持照应着往前走。但是大家并不感到寒冷或是害怕，各自把自己听过的最好笑的故事，最动听的歌曲毫无保留地贡献了出来。一路上充斥着我们的欢歌笑语。

走到山腰中一处空地，我们停了下来。大家决定选择这个地方作为我们的观赏点。男生们四处搜寻拾来了柴禾，我们三个女生张罗着把火点了起来。一切就绪，大家围坐在篝火旁边期待着流星雨的到来。

在等待的时间里，我们想出了无数玩过的和没玩过的游戏来玩，尽情地欢乐着。忘记是什么原因大家都罚秦川唱歌，印象中那是我第一次听到秦川唱歌。那天大家玩得有些疯了，我记得后来甚至烧坏了江哲的笛子——严依把它误认为是一根柴禾。江哲那哭笑不得的表情在我脑海里一留就是好多年。那时我甚至有点隐隐的担心，我怕自己会把初中时代所有的欢乐都透支完了。

其实那天直到最后传说中的狮子座流星雨也没有驾临，我们中只有少数人看到了零星的几颗流星。凌晨四点多的时候我们在一通纵情欢乐后踏上了回去的路。

第二天各大媒体纷纷登出了关于那次流星雨"失约"的新闻，许多新闻中还表达了市民们失望甚至愤怒的情绪。然而我们七个人中没有一个人有这种失望愤怒的情绪，因为我们都清楚那个晚上虽然与流星雨擦身而过，可是我们每个人都收获了什么。

还有，后来我才知道我们七个是在看流星雨方面那天班里惟一成行的一个团队。

PART B9 靳可

看流星雨的事情在班主任那里引起一场轩然大波。思想封建的邱老师认为男女同学深夜结伴外出无论如何是说不过去的行为。第二天早自习的时候她把我们一行叫到了教室外面，小心翼翼地措辞跟我们谈起这件事情。

我环顾周围的战友们，禁不住笑起来：这些人中有位高权重的班长，有深受宠爱的团支书，有学习成绩一路遥遥领先的前几名，邱老师怕是遇到难题了。

果然，邱老师先充分肯定了我们"旺盛的求知欲"。我看到安宁脸上不屑的笑容。她把我们说得像小学一年级的孩子。然后她语重心长地指出了我们这样做的危险性，和对学习的影响。

深更半夜，几个孩子在山里跑，多危险啊！出了事怎么办？再说了，这样熬一夜，今天还怎么听课？现在是初二了耽误不得啊……

大家都没怎么说话。最后还是秦川开了口："邱老师您放心吧，流星雨也不是天天都有，我们就这一次，下不为例了。"

邱老师似乎也拿我们没什么办法，继续训斥了几句就把我们放回去了，但是要求我们每人写一份"认识深刻，情辞恳切"的检查。

最后，七份检查由文笔优美的安宁同学一手包揽，轻松搞定。

结伴看流星雨的经历让我们这群人加深了感情，我没有想到，在后来的岁月里，我们中的绝大部分成了最要好的朋友。但是那个时候我们没有现在这么好，原因……也许是距离太过接近？也许当时年纪小？也许是中考的重压让我们不得不向现实低头？

初三的时候我们换了新的班主任，一个教语文的女老师，姓方。方老师素以铁腕著称，据说带班很有一套。她一接班就分别找到我和安宁、严依谈话。我不知道方老师跟她们说了些什么，跟我说的内容大致是听说我非常聪明，希望我能在最后一年加把劲，显示出作为男生的后劲来，争取在中考中取得更好的成绩。

方老师跟安宁的谈话显然是收效最明显的，进入初三以后的第一次模拟考试，她就拿到了年级的第二名。这是她从来没有拿到过的成绩，也是我们班从来没有人考到过的名次。

严依的成绩也有一定的提高。

我跟过去一样，还是老样子，不过还算差强人意。

现在的座位早已全无初一初二时的格局，当年的八个人被拆在教室的不同方位。有时候看着大家各自坐在自己的位子上奋笔疾书，我会想到这也许是个各顾各的时代。说实在的，我很怀念从前那些打打闹闹的光阴。

特别是安宁，我经常可以看到她面容憔悴地从座位上抬起头来，放下握了很久的笔揉一揉眼睛或是活动活动手腕，但是带着满足的笑容。

其实我很担心她。

PART A10 安宁

初三来得有点让人措手不及，就像第一次月考时一个同学在他的作文里写到的那样："上有火海刀山，下有初三高三。"这话不知是真是假，我正在努力用自己的眼睛去观察，用自己的心灵去体悟。

　　我还好，都吃得消——只是明显感觉生活节奏比以前紧张了，但是强度是可以忍受的。新换的班主任方老师对我寄予了很大期望，我也觉得是加把劲的时候了。

　　那段日子变得异常忙碌，买了许多参考书来做，吃透了这一套马上投入下一套去，吃饭的时候还在脑子里回忆历史课上讲过的知识点，放学的路上遇到年级里的尖子，交流的内容不外乎是各班的学习动态。

　　身体一直不是很好，遭遇了一些奇奇怪怪的病，所幸都不是很严重。感冒发烧这样的小毛病接连不断。但不知为什么，就在这种病病歪歪的状态中，我的成绩持续攀升，

　　想来是一个奇迹，老师们也这样说——那一年之内我拿了五个年级第二，两个年级第一。

　　严依的成绩却很不稳定，起伏得厉害。这一年她搬了家，放学的时候我们开始向完全相反的两个方向走，谈心的时间也少了许多。可是有一次课间她专门找到我，她说安宁我觉得很累。有时候觉得压力很大。

　　我心疼地望着她，觉得这个时候任何语言都那么的苍白无力。

　　物理老师终究是看小可不顺眼，最后一年里仍然是撤掉了他的物理课代表，然后理所当然地把这个职务交给了秦川——他一直是勤勉踏实的男孩，我想任何老师都应该对他放心吧。

　　彼时与小可同桌的庞荔显然已经深受小可的影响，开始公然地与物理老师作对。她是口才一般的女孩，激动的时候常会口吃，徒有高涨的情绪却表述不出什么有杀伤力的话来，于是小可往往挺身而出与她并肩作战。这个时候我总会抬头仰望讲台上的物理老师，会觉得他很可笑也很可怜。我想他一定也曾经拥有一段和我们一样的惨绿少年时光。

　　参加了全国的英语奥赛，老师们说这是一次关键的比赛，获奖的话中考的时候是要加分的。英语老师说我和严依是很有希望的，她为我们指定了要看的辅导书，于是我们开始在那一点点可怜的课余时间猛K一本叫

包天仁的同志编写的《ENGLISH BIBLE》，为了一个奇怪的习语或是生涩的语法争执不休。

方老师对我很器重，她把许多比赛交给我去参加，结果是初三一年拿了很多奖，有演讲的，有作文的，有辩论的，甚至还有科技小论文的，学校把这些奖状的复印件都存了档，可我看着它们根本不知道这些空洞的奖状能够代表什么。

还有一件事让我已经麻木的心感到震撼，那就是曾磊退学了。他最后一次来学校的时候很无奈地对我们每一个人笑，他说他成绩一向这样差反正是没有希望了，不如找点事情做。他还特地对我说，安宁你的成绩这么好，真心地希望你中考的时候发挥出最好的成绩。他说话的时候脸上的表情是那么真诚那么友善，和我印象中那个桀骜不驯的男孩有太大的差别。那一刻我感到从未有过的恍然，我从来没有想过他，或者说从来没有想过这班上的任何一个人会提前告别我们共同的初中时代，我们共同的八班。面对自己从未设想过的情形，我的大脑是一片空白。

哦，对了，苏瑶和江哲已经正式公开地在一起了。每天都能看到苏瑶笑靥如花地依偎在江哲身边，眼波流转，活色生香。一旁的江哲脸上满是温和纵容的笑意——他们整整做了两年的同桌，有这样的结果全在意料之中。很多人说两个人毫不般配——女孩太过伶俐机变而男孩太过温厚谦和。我却觉得这样的搭配是最完美的。衷心地希望他们的感情能长久稳定。

PART B10 靳可

15岁的我想不通苏瑶那样的女孩子怎么会跟江哲那样的男孩子在一起，就像我想不通为什么学校要给初三组织那么多的模拟考试一样。

但是安宁想得通，两样事情通通想得通。15岁的安宁比15岁的靳可聪明许多，只是那时候我还不知道。

苏瑶和江哲的组合让许多存有想法的人终于看到了故事的完结篇。有时候我会暗中问自己是否也在其列，是否对苏瑶也曾有过特别的感觉。考虑了很久，答案是肯定的。

但是我想苏瑶之于我就像孩童时候很想要的一套彩笔，用的机会很少，只是闲来想想自己拥有这样一件东西终是好的，却比不得钢笔，无时无刻不需要。

遗憾的是那时候我还不知道谁是我的钢笔。

那个时候模考的频繁已经到了令人生厌的程度，但是老师们对这样的游戏乐此不疲。他们密切地注意着排名表上一点点名次的起伏波动，把它当作方向标一样去指导他们的工作。于是每一次模考后都能看到方老师眉头紧锁地将小小的一张成绩表端详来又端详去，然后一个一个地找人谈话。那无疑是最人心惶惶的时候。

历史依然是我的最爱，可惜的是突然省教委下发文件说我们中考时历史不列为考试科目，考试科目为语数外理化生和政治。于是名义上列入课表的历史几乎成了有名无实的科目，我们学习它的终极意义在于毕业考试的时候能够及格。那是我第一次明确地感到学习的目的可以如此功利。

但我决定一如从前那样地用自己最大的兴趣和精力学习历史——听来有点悲壮的意味，爱我所爱也许是当时自己性格中最根本的特征。

后来的毕业会考作为一次模考呈现出了有趣的特质：学校根据上次考试的成绩把学生们分成了十几个考场，我，安宁被分在同一考场里，严依因为上次考试发挥的失利被分在二考场里。因为坐的全是年级里的尖子生，监考的郭老师特别轻松，她甚至每看一会杂志就抬起头来冲着下面的考生满意地笑。最后一科考的是历史，快交卷时她说了一句至关重要的并且严重误导了众尖子们的话："大致算够有 60 分就可以交卷了。"

彼时正在纷纷盛传这次毕业会考历史成绩不计入排名。作为年级组长的郭老师的一席话显然更加证实了这一传言。太多的尖子生们纵容他们压抑已久的不耐烦，哗地起身纷纷交了卷子。

最后的结果是——那次考试历史成绩依然被计入总分。安宁因为突出的历史成绩——满分——自然而然地以绝对优势成为年级第一名，同理，我和严依分别成为第二、三名。八班惊人的成绩马上成为一个神话。

这么多年后回想起那次让年级里无数高手大跌眼镜的模考，我都觉得是一件无比搞笑的事情。

PART A11 安宁

初三的毕业会考我拿到了第一名，与之同时到来的还有一个好消息就是英语奥赛我是全国一等奖，严依是二等奖。呵呵，令人满意的成绩。英语老师满意，方老师满意，爸爸妈妈满意，我自己也非常满意。

后来的记忆被一段痛苦的经历所填满，就是搞体育训练。

那个时候中考体育要算分的，而且占了30分之多。对于希望拿到好成绩的每一个考生来说，体育都是非常重要的。我和严依的体育相当差，模拟的成绩只有13分和9分。方老师为此很担心，她说学习成绩那么好，将来考试不能让体育拖累了。于是她请来学校里面最严厉最铁面训练学生最有效的乔老师，说要给我们进行高强度长时间的特别训练。

后来那段日子简直不堪回首。每天下午放学我和严依都要在学校400米的大操场上被勒令跑十圈，强忍着跑下来整个人都要虚脱了。这还不算完，然后是在学校七层高的教学楼上进行十趟的跳楼梯练习，目的是训练我们的弹跳能力。然后还有许多模拟的素质测试。

那几乎是我生命中最忙碌的一段时间，每天下午放学后匆匆地从书山题海中解放出来，却又不得不马上投入到另一个高强度的训练场中去。跑圈，弹跳，仰卧起坐，俯卧撑，甚至举自己根本不可能举起来的杠铃……我从来不曾想到过有一天自己会接受这样的魔鬼训练，只为了中考那30分的体育成绩。

那个时候也学会了耍心眼。规定的十圈一开始还中规中矩地跑，到了后来圈总是越跑越小，最后400米的圈被我们跑下来满打满算只要200米。无奈魔高一尺，道高一丈，乔老师总有对付我们这等偷懒人群的招数——干脆改换政策，不再以圈数计量，代之以时间作为量化标准——每人每天围操场跑三十分钟，无论多少圈，但是必须时刻处于运动状态之中，如有懈怠，马上会遭到一通狂吼甚至某种程度的体罚。

这样，我们彻底丧失了耍花招的机会，不得不老老实实地绕着操场跑圈。不过效果是明显的——从开始的跑上两圈就气喘吁吁难以忍受到后来的脸不红气不喘轻松完成。我都觉得是一个奇迹。

就这样一直训练一直训练，整整训练了四个月。

初三那年的四月气氛开始变得紧张，中考的硝烟好像真正地侵袭进了我们的生活。因为四月里有两场可以称作中考先头部队的考试——体育测验和理化生实验加试。班里变得前所未有的沉闷。男生们不再纵情地到足球场上挥洒自己的汗水了，女生们也不再轻易地扎堆谈天了。严依剪了齐耳短发，为的是节省时间；秦川很少笑了，也不见他和小可一起聊天甚至斗嘴了。大家都无比地看重这最后的两个月时间。而我，却在这个紧张万分的时刻突然蓄起了长发。

头发是初二下学期剪的。那个时候目的也是为了节省时间，一头留了多少年的齐腰的长发被我刷地剪成了短碎。刚刚剪的时候不是一般地心疼，每个晚上都会做噩梦醒来，然后为自己的头发流眼泪。刚刚有所适应的时候，一部《将爱情进行到底》的电影彻底重新唤起了我对长发的向往。

是因为徐静蕾呵。徐静蕾扮演的文慧。文慧在片子里那么美丽，那么清纯，那是我衷心向往的大学女生的美丽，弯月一样的笑眼，清瘦的身材，好看的裙子，还有——还有那一头让我怦然心动的飘飘长发。那个时候我感到有种什么别样的东西开始在自己心底潜滋暗长。

我暗暗记下了徐静蕾在片中所有出现过的发型，买来了所有她的发型需要的配饰，然后悄悄地开始了自己的等待，等待头发一点点地变长，希望将来可以梳着和文慧一样的头发迈进心仪的重点高中。

PART B11 靳可

四月的时候我们迎来了中考的第一炮——体育测试。我的体育一直不好，秦川他们都比我强。严依和安宁一直在进行高强度的训练，每个人都比我心里有底。

我记得考试那天天气不算热，虽然春天的风已经给这个城市带来了不小的暖意，可是相对于我们在老师建议下穿上的短袖短裤还是有些凉凉的感觉。男生和女生分开考试，男生们测试的是50米，立定跳远和铅球，女生们是50米，仰卧起坐和立定跳远。成绩是当场测当场出的。

考试前我见到在操场一角做准备活动的苏瑶，她穿着大红色的运动短裤和运动背心，修长的双腿，轻松的笑容使她看起来像一只矫健而美丽的小鹿。苏瑶的体育一直不错，我知道这次的考试她完全不用担心的。然后一转头就看到一旁的安宁，浅粉色的短袖T恤，貌似网球裙的同色短裤，显得过于消瘦了，瘦得都让人心疼。跟苏瑶比起来，她仿佛艳丽玫瑰旁边的清素芝兰，初见她时她身上那种咄咄逼人的锐气好像减退了许多，反而有些让人生怜。

就在那一刻我看到秦川跑到安宁边上，笑着跟她打招呼，然后对她说了一些什么，最后拍拍安宁的肩膀，终于朝我这边跑过来。那个场景后来在我脑海里印象一直很深。

当天体育成绩揭晓：30分的满分，我只拿到16分，秦川23分，苏瑶29分，严依27分，安宁24分。除了我之外，他们几个基本上都还算满意。

然后是实验加试，只占10分而且是作为参考。整个过程我都处于毫无感觉的状态，抽到一个什么氨分子运动的题目，还有一道测铁块密度的题目，都是做了无数遍奇熟无比的东西，麻木地一通操作就离开了实验室。问问他们，大致也都和我感觉差不多。

就这样，我们那些杂七杂八的考试通通过去了，只剩下六月底最后的一跳了。

某一天——似乎是离正式的中考已经很近很近的时候，我在上学的路上遇到安宁，突然惊异地发现她把头发留长了，当时正处于一种半长不短的状态，被扎成一个短得可怜的独辫。我于是马上笑了，问她这是干什么。

想扎起来了，觉得还是长发比较适合我。她只是这样简单地回答我。

后来大家进入无休止地做卷子讲卷子的阶段，生活日复一日，比较沉闷单调，没什么笑料也没什么新闻。放学的时候江哲已经不跟我同行，他要先送苏瑶回家。看到他们甜蜜的情形我心里总会涌起一种很难说清的感觉，我会不由自主地想起一年多前自己在看电影时跟苏瑶说过的话，苏瑶也许有一天我会追你呢。还有苏瑶那句被我一直记着的答复，好的，等你来追我的时候我会特别优先和认真地考虑一下呢。

再后来的日子好像是持续的高温天气，还有持续的烦躁心情。

PART A12 安宁

中考的前三天我终于拿到全班同学签给自己的同学录。签同学录是在最后的紧要关头大家除了学习之外惟一热衷的一件事——因为都觉得中考过后面临着彼此的分别，六月末那一场考试后，大家的命运也许都会发生意想不到的转折和变化，于是拼命地想用这种苍白的形式挽留些什么。尽管方老师三令五申地在班上禁止，可同学们还是疯狂地买来各种好看的同学录拿给班上的同学签。

我的同学录上大多都签得千篇一律，什么愿我们的友谊地久天长啊，什么相信你一定能拥有美好的前途啊，什么千万别忘了我啊……虽然老套了些，可我相信那都是同学们美好的祝愿与寄语。但是有些留言是特别的，值得记

住的。比如严依对我提的那三句要求: "不要忘了我!" "Don't forget me!"
"还是不要忘了我!" 语气听上去恶狠狠的, 却是那么的令人感动。这个温
和细腻的女孩, 这个我一辈子不愿意与她分开的好朋友, 在后来的漫长岁月
里, 她一直是我心田里最温暖的意象之一。秦川留的是这样的: "在初中与
你相识, 并成为好友, 可谓有缘。相处三年之后, 曾经的同桌, 永远的朋
友, 即将分离, 不免难舍。曾经与你在一起学习, 嬉戏, 打闹, 吵架, 愿
这一切不会变成永远的定格, 相信我们会再次相遇……" 当时我还无法预
知, 秦川的这番话后来回头看, 竟然有种应验的感觉。最让我惊异的是小
可的: "说句酸话, 你是我最敬佩的女孩; 说句实话, 我总觉得我们之间
的友情太薄!" 这两句话在我们后来的相处中回头看, 颇有些耐人寻味的
感觉。

三天后我们步入中考的考场, 一切都如当初想象的那样平静无波地
进行。惟一有意思的事情是我记得考试前的那天下午我们一起去看考场,
当时天气很热, 于是严依说安宁明天我们都穿自己最"短小精悍"的衣服,
轻装上阵, 一定能双双取得好成绩的。我说好, 轻装上阵, 那么咱们就穿
各自考试体育时候的那身衣服吧。严依说好呀好呀一言为定。第二天清早
起来发现居然下雨了, 天气有些转凉。妈妈劝我换上长裤, 可是想起和严
依的那个约定我还是义无反顾地穿上了当初约好的衣服。结果进入考场的
时候发现周围的同学全是长裤长袖, 连穿裙子的都少有, 更不要说像自己
这样穿着如此夸张的衣服的了。环顾四周越发觉得自己傻得可笑。还好是
那么重要的考试, 自认为当时没有谁顾得上看我的蠢相。不过后来才知道
其实当天很多同考场的同学都在暗自嘲笑我怪异的穿着, 这也是后来上了
高中才从同学那里听说的。

也许真的是轻装上阵的好处, 当天的考试发挥得特别顺手, 语文一
路做下来觉得几乎像是自己命的题, 英语轻车熟路毫无障碍, 就连自己最
怵的数学也基本发挥正常, 综合更是不在话下……

中考, 呵呵, 我生命中第一次重要的考试中考, 就这样在一场搞笑

的经历中轻描淡写地落下了帷幕。

PART B12 靳可

中考前最让我震惊的是安宁为我签的同学录，16开的纸正反签了满满两大页，而且全是密密麻麻的细小的字迹，比一篇中考作文还要长。一篇留言几乎就是一段心路历程的自白，前前后后写了她对我不断变化中的认识过程，还有忠告，感激，期望……当我看到她在留言中直言不讳地写出她从入学的第一天起就把我当作自己的对手时，我吃了一惊。其实我一直都知道这一点，但我没想到安宁会这样坦率地把这些写在给我的留言中。但是更让我吃惊的还是看到她写了那么多那么多，我想象着她攥着笔一笔一画认认真真写下这么多字的情景，忽然觉得温暖而感动。我一直以为我们是距离相对比较远的两个人，却没想到偏偏是这个我始终不曾捉摸透的女孩，给了我最长的留言和最多的祝福。

关于中考……却是没什么可说的。我们顺顺当当地走入考场，解决掉一张又一张的卷子，然后再笑着释然地走出考场。就是这样。

中考后的假期悠闲得超乎人的想象。成绩没有下来的那段日子里我整天疯跑，踢球，轧马路，打游戏，看电视……出没在一切我可能出没和可以出没的地方，肆无忌惮地做一切从前被家人指责为浪费时间的事情。其间有一次在街上闲逛的时候碰到安宁，也是一个人刚从什么亲戚家出来。她头发明显地长长了，原先短得可怜的辫子已经可以扎成一个俏丽的马尾，只是不再像乍进初中时候那样高高地扎在上面，而是妥帖服顺地向下梳。我仔细看这时候的安宁，竟是挺安静美丽的一个女孩子。于是不禁在心里暗暗问自己：怎么以前就没发现呢？

后来中考成绩下来。我记得出分的那天我正在家里看电视，对这件事情毫无意识。还是安宁的电话打进来，问我考得怎么样。我说难道成绩已经下来了么？安宁在电话那头甜甜地笑了，说对呀，你可以拨打

168*****的热线电话嘛。声音像热线小姐那样好听。我说那你一定考得不错吧？安宁依然是甜甜地笑笑说，还可以吧，我是全市第三十名，你快去查查你的成绩吧。听到她这样说我也笑了，我知道安宁终于拿到了三年来她一直想要的东西。

中考的结果是我、安宁，严依和秦川都过了重点高中的线。严依考得最好，是全市第四名；我比安宁少两分；秦川也过了线。我们四个是我们班上仅有的过线者。

分数下来以后的八月份，我们顶着将近40度的高温回学校填志愿。教室里乱哄哄的，同学们都在对着各自的成绩拿着一张繁琐无比的表格填写。我不假思索地填上了一中的代码和名字。然后我走到江哲身边，想跟他打个招呼时，突然看到他在表上停停写写地填上了一所市里的普通高中。我立时无语。那是我第一次感觉到人的命运就这样在某一个瞬间发生难以预料的变化。我感到人在命运面前有时候是多么的渺小和无力。曾经同一个教室里一起生活学习的那么多相似的同学，却马上要面临迥异的命运，这是件叫人悲哀的事情。

后来在和安宁聊天的时候，她说那种感觉她早就产生了，是在曾磊告诉大家他要退学的时候。我不得不承认，在某些方面，女生的感觉确实比男生敏锐和正确许多。

PART A13 安宁

中考过去的那个暑假是我生命里一段相对轻松悠闲的时光。没有了迫在眉睫的考试的重压，生活的节奏一下子放慢许多。我可以尽情地干许多以前自己想干而无暇干的事，比如听我喜欢的古筝，看厚厚的古书，还有坐在电视机前把《将爱情进行到底》翻来覆去地看了N遍，一直看到每句台词都会背的境地。

哦，对了，那时我的头发已经长长了，不像刚刚留起来的时候那样整天拖着一根让人发笑的小辫子了。那些天我整天把头发扎成一个低低的马尾，因为听人说经常扎的头发会长得更快。不扎头发的时候我就把它散开来，虽然还不是太长，可是已经可以披在肩头，然后我在头顶系上一块漂亮的方巾，有时候系天蓝色的那块有时候系橘黄色的那块——也是跟文慧学来的，我永远都忘不了她在剧中跟杨铮他们出去看电影那场扎着一块方巾那清纯美丽的样子。通常我会对着镜子端详扎好头发的自己许久——从小到大我都是喜欢偷偷照镜子的女孩，我不是苏瑶那样的漂亮女生，可我喜欢看镜子里那女孩不掺半点杂质的微笑，我喜欢对镜子里的女孩说，嘿，开心点儿，生活终归是美好的。当看到镜中女孩长发披肩的样子时，我满意地笑了——我依然保留着那个从没对任何人说过的期望，就是希望自己能够梳着这样的发型迈进高中的大门。

让我感伤的是近在眼前的分别，我无法预知未来的生活，即使和严依他们分在同一个学校但是大家各自会在怎样的班上还是个未知数。那个暑假我搬了家，新家离严依家很近，离我们要进的高中也很近。高中开学前一天晚上我和严依手牵着手在严依和我家门前那条路上走了许久，她感慨地对我说安宁你看啊你终于搬家，我们住得又近了。可是她的话引起了我无限的感伤，我说是啊，可是严依我们也许马上就不能继续在一个班了，我们还是没有办法同路。那时候我真的很难过，我想从第二天起初中时代就彻底地结束了，严依，小可，秦川……那些人，那些事，我们再也没有办法挽留了。我的眼泪终于簌簌地落了下来。

第二天上午我到学校报到。报到的内容包括交费，看分班的榜单和领教材，开班会。我穿着长及脚踝的纯白棉布裙子，散开头发，扎上方巾到朝一中去。临出门前我按照惯例地向镜子里望了一眼，那个女孩仿佛是一个假期之间就长成了清秀温婉的女子，漆黑的头发，清澈的眼睛，脸上是平和恬静的神情。

交费的时候还是那样闹哄哄的，拥挤而无序。我想起了三年前的这个时候，想起那个时候同样经历着类似的过程，想起望着榜单上小可的名

字我曾经有过的敌视，想起那时候的坚定，我开始思考为什么身边的同学来来往往，我却感到这样从未有过的孤独。

然后我看到严依，她和我迎面过来。安宁啊你分在几班？

不知道。还没看。你呢？

四班。以前的同学里只有苏瑶和我同班。

苏瑶花高价进了一中，她的成绩距离一中的提档线有100多分。这让我感觉有些意外，然而这种意外马上被一种突然而生的失落感所代替——我望着面前的严依，她就站在我的对面，笑得依旧是那么温和，可我却感到倏忽而来的陌生。

这种失落感在后来看榜的时候找到了一点安慰，因为还有秦川陪着我。我分在一班，秦川和我一个班，这应验了他当初的那句"相信我们会再次相遇"。然后我站在榜单前仔细地看了很久很久，我看到小可的名字，他被分在九班。江哲也交高价进了这所学校，分在六班。庞荔被外地的一所中专录取了。

开学第一天就为我的发型付出了代价——班主任是严厉负责的中年女教师，姓陈，教英语。大扫除我为了擦玻璃正上蹿下跳时她凑近我，压低声音说："你能不能把头上那小方巾摘下来？一个学生戴着不大合适。还有，以后头发应该扎起来或者剪短，披头散发实在影响学习。"

我没有说话，而是顺从地摘下了自己至为喜爱的方巾。我想陈老师的那番话已经是看在我进班第四名的面子上说得很客气了。我知道高中还不是一个绽放自己美丽的地方，也意识到自己即将迎来一段空前艰难的时光。

PART B13 靳可

高中开学，我和昔日的好友们分在不同的班上。值得一提的是安宁

上我们在风里歌唱，
歌唱那无法遮挽的今天。

和秦川一个班，不知为什么关于这个结果我早有预感。

一开学不是马上正式上课，而是先有一个军训。据说是为了让新生们受受艰苦严格的训练，一方面培养大家的吃苦精神，另一方面以后老师带起班来也能相对好管一些。军训的内容倒不太难，只有些花拳绣腿的齐步正步做操打拳，没有匍匐打靶这样真刀真枪的项目。每两个班的同学被编在一起训练，男生女生分开训。

其实现在想来军训应该算是高中时候比较好玩的一段时光了吧。因为大家刚刚入校，彼此都还不太熟，又没有汹涌而至的功课缠身，正是熟悉同学和融入集体的好机会。记得那时候大家都穿着一样的军装，有爱俏的女生偷偷换上好看又舒服的运动鞋马上被教官一通猛K然后勒令换回去，所以男生女生看起来都差不多，加上本身的不熟悉，相互之间很容易认错人。但是——安宁是从来不会被认错的一个。那个时候她很瘦，很瘦很瘦很瘦（其实直到现在她也很瘦很瘦很瘦），穿着宽宽大大的军装显得十分单薄。还有就是为了戴帽子的方便，她总是把头发扎成两根小辫子，使她看上去比真实年龄要小很多，就像个刚上初中的小妹妹。

后来安排了军训的汇报演出，内容不外乎几十号人排成方队齐步变正步正步变齐步地绕着操场走上一圈，经过主席台的时候方队长一声令下"向右看——"然后全体面朝主席台行着军礼走过去。各连合练的时候我意外地发现安宁是一连一班的方队长，和另一个跟她个头差不多的女孩神气地站在队首指挥着一标人英姿飒爽地走过主席台。在那么多女孩之间，安宁越发成了出众的女生，眉清目秀，唇红齿白，隔着很远都能轻易地找到她目光清亮的眼睛。

开学以后的日子过得比较无聊。兴许是我还没有很快地适应高中的生活节奏与学习模式。感觉自习课多如牛毛，一大堆没有掌握的知识点，却不知道摊开书可以学些什么。这时候在班上我结识了莹，她是我高中三年最要好的女生朋友。莹瘦瘦的身架，漆黑的眼睛，扎一个马尾，笑容甜美，善解人意。我觉得她身上有很多跟安宁相像的地方。莹的成绩不是很

好，属于班里中等偏下水平，但是让我佩服的是她能把日子过得简单开心，有滋有味。有时候我会不由自主地把莹同安宁作比较，我觉得如果安宁能学一点莹的生活方式她应当可以活得更快乐。

上放学的路上还是能不时地碰上秦川。现在他一个人走，我也是。我们都开始骑车上学了，但是如果相遇的话就会推着车子慢慢地沿着上坡走，一聊就是一路。我问起他在高中的学习状态，他说有点无所适从。秦川现在所在的班级是年级里面最好的班级，汇聚了中考时候的很多尖子生。秦川说看到他们每天忙得不亦乐乎的时候总会感到无边无际的恐慌，因为自己还在无所事事，又不知道可以干什么，应当干什么。我说我也有同感。顺带问起安宁的情况，他说安宁现在是班里最美丽的女生，她的光芒已经四处迸射，很多外班的男生都跑到一班来打听安宁的情况。我想起初中的时候也是有很多人特意跑到我们班来看安宁，只不过那时候他们仰慕的是安宁的才气，没想到一转眼她成了这样美丽夺目的女孩子。

PART A14 安宁

高中的课程比以前难了很多，函数一上来就露出了狰狞的面目。老师不再布置什么可笑的作业，一切全凭自觉。我看见很多同学终日抱着厚厚的参考书不知疲倦地做，我不明白为什么既然他们已经能够那样轻车熟路地解出那么复杂的题目还要不厌其烦地一遍遍攻克相同类型的题目。还有物理，是自己一贯的弱项了，有时候坐在下面听老师讲牛顿三大运动定律会突然觉得不知所云。依然是很认真地做题，却不再苛求结果——我发现自己已经不是以前那个倔强，偏执，不服输的女孩了。我已经学会了安然地接受自己无法改变的事实。

庞荔有时候从她们学校跑来找我玩，她，我，还有严依，我们三个坐在初中时爱去的那家叫SUCK的酒吧里，喝一点咖啡，聊一点天。她的脸上依然有那种热情明朗甚至泼辣的笑容，可我觉得我们之间的共同语言越来越少了。现在我满脑子想的都是复合函数，元素周期表，能量守恒……我想我应该已经变成了一个乏味的女孩。

秋天的时候我的头发彻底地长了，既然不能梳"学生梳着不大合适"的发型，我干脆每天都把它扎成两根妥帖的麻花辫子。我喜欢让自己的辫梢上飞舞起两只蝴蝶。有时候在家扎头发的时候妈妈会凝视我一阵，然后说安宁你长大了开始变得好看了。

我真的变得好看了吗？会有很多人直言不讳地告诉我我很漂亮，甚至有人说我看起来像文慧——可是他们不知道我本来就是受了文慧很深的影响的，也不知道我也曾经暗暗期待自己的杨铮有一天能够出现。他们当面称呼我"美女"。那个时候"美女"这样的称呼还没有像今天这样大行其道，它是一种真心的赞美。听到他们这样叫我的时候我还会觉得不好意思，我想问他们难道我比苏瑶还要美丽吗？当然，我没有这样问，也不可能这样问。

苏瑶仿佛一进高中就开始了她隐约平淡的生活。她依旧美丽，却很少有人知道，很少有人提起。让人欣慰的是她和江哲的感情仍然平稳幸福。这是件让人羡慕的事情，呵呵。

在现在的班上我最好的朋友是秦川，这个从初中就交下的好朋友。他还是像从前一样宽厚温和，时时处处迁就着我，关照着我。还有一个是婷，从前初中就认识的一个尖子生。婷的性格和秦川很相像，都是宅心仁厚的那种。婷跟九班的莹是好朋友，一次婷去找莹玩，回来的时候竟然带来一封所谓的"信"。是小可写来的，自习课上随手撕下几页稿纸密密麻麻地写在上面。大意是说希望到了高中虽然大家不在一个班了，不过还是可以通过这种方式保持联系。小可在信里写了他的生活状态，很多情形和我正经历的是完全一样的。我不禁感慨我们的相似，于是同样抽了一节自习课回信给他，写好以后把信折成小小的一叠，折的时候突然感觉非常温暖。

我开始迷恋文字。好的文字好像绚丽的烟花一样，无论幻灭得有多快都能紧紧地抓住我的眼睛和我的心。阅读是那段隐约而平淡的岁月里最

107

好的慰藉，在我的十六岁，安妮宝贝是我深爱的作家。疏离，酷烈，清醒，温暖，遗忘，告别，诡艳，绝望。这个女人告诉我太多以前不曾发现的东西。那时候最喜欢做的事就是整天抱着安妮的书没日没夜地读，文字滑过指尖的冰凉带来清爽的感觉。

"黄昏的时候，她常常一个人出去散步。沿着河边的小路，一直走到郊外的铁轨。那里有大片空旷的田野。暖暖有时坐在碎石子上面看远处漂泊的云朵，有时在茂盛的草丛中走来走去，顺手摘下一朵紫色的雏菊插在自己的头发上。漆黑浓密的长发，已经像水一样地流淌在肩上。""如果生命是一场幻觉。别离或者死亡是惟一的结局。""她等着一场戏上演。最后却发现自己看错了时间。只剩下等待。在幽深山谷的寺庙里，他们看着佛像。她坐在他的身后，轻轻地问他，他们知道我喜欢你吗。他转过身看着她。她踮起脚亲吻他，在阴冷的殿堂里面。阳光和风无声地在空荡荡的屋檐穿行。那一刻，幸福被摧毁得灰飞烟灭。生命变成一场背负着汹涌情欲和罪恶感的漫无尽期的放逐。"……是这样清醒通透的文字，像莫文蔚的歌那样有直指人心的锐利。我访问她在榕树下的个人主页，大块的黑色的界面，有一行非常醒目的大字"生命是一场幻觉，烟花绽放了，我们离开了。"第一次有怅然的感觉。

十六岁的时候，生活开始不再如往昔那般简单。

PART B14 靳可

和安宁的通信是高中时代最大的乐趣和最有力的精神支柱。我记得第一次写信给她是 2000 年的 11 月。那个时候我们刚进高一，各自代表班上参加了学校组织的辩论会。都是本场的最佳辩手。不同的是我们班的队伍因为实力整体偏弱第一轮即遭淘汰，而安宁的班上派出了包括安宁在内的三名女将，还有两个是张婷和陈溪——前者是她在高中最好的朋友，后者是年级里成绩首屈一指的女生。结果安宁她们班因为出色的发挥一路过关斩将非常精彩地笑到了最后。

于是我写信给安宁，表达了对她的祝贺，也表达了自己的遗憾。

那次辩论会的后续故事是我和安宁因为让人难忘的出色发挥被双双招进了校学生会。我任宣传部干事，她任文艺部干事。这件事事先两个人没有通气，后来在学生会第一次全体会议上两个人碰面，都心照不宣地笑了。

安宁很快回了信。她的信总是用干净的横条信纸写好，整整齐齐地折成一小叠，字迹娟秀而清楚。时隔这么多年我都依然能回想起她写信用的干净的天蓝色墨水，信纸上宽宽的行距，这些细碎而温暖的回忆。

整个高中时期我的成绩非常不稳定，经常有起伏。后来放学的时候路遇严侬，跟她说起这事，发现我、她还有安宁都是一样。只有秦川成绩一直稳步攀升，幅度不大，但是名次非常可喜地向上跃升着。他是踏实认真的孩子，本应如此才对。不过那个时候我还不知道后来的高考秦川会是我们四个中成绩最好的。

高中的时候已经没有了那么多的活动，除了学习之外我们基本无事可做，生活相对平淡。有时我还会纠集一帮人去踢球，但是秦川已经不加入了。有一次我们说起未来的理想，我说我想考中国政法，但我知道自己离这个理想还有很长很长的一段路要走。秦川说他的理想是考一所比较不错的重点大学，然后说他相信只要努力这个理想一定能实现。就是在那个时候我才意识到自己对这个相交多年的朋友其实了解得并不深刻——他是比我务实的人，而他身上那蕴蓄至深的能量与拼劲可以帮助他实现自己现实的目标。

和许多人闲聊的时候会听到他们提起安宁，那个美丽惊人的才女，他们这样称呼她。安宁是中考时候全省的语文状元。安宁又发表文章了。学校的英语演讲比赛一班选拔了安宁……听到他们不厌其烦地叙说关于安宁的鸡毛蒜皮时，我没有得意地向他们炫耀我跟安宁的关系是多么地近，对她的了解是多么的深。我想有些东西的存在是一种感觉，一旦说出来那感

觉便不再如初。

有趣的事情是高二那个元旦学校组织了联欢晚会，每个班都选送了属于自己的节目。唱歌，跳舞，相声，小品，魔术……安宁他们班别出心裁地选送了一个演员有十六人之多的宫廷舞，八对男生女生献给新年的一个优雅而古典的礼物，伴曲是悠扬动听的《小步舞曲》。这个节目早在排练时就很受关注，因为构思算得上新颖，阵容算得上强大。让我关心的是安宁也参加了排练，呵呵，瞧我这张嘴，安宁当然参加了排练。好多人跑去看他们的排练，说那个舞蹈动作是多么的优美，队形是多么的齐整。正式演出的那天我很早就赶过去看，结果被告知安宁他们的节目被安排在最后一个。那天的晚会奇长无比，后来安宁他们上场的时候已经将近午夜12点了。那天安宁穿了天蓝色的裙子，长长的裙子在安宁苗条的身上恣情地摇曳，那种蓝就像最宁静的湖水一样纯正，在灯光的照射下散发出夺目的光芒。是啊，就是夺目，安宁那天多打眼啊，八个女孩一字排开，只有安宁最颀长，最挺拔，最清秀。她站在一队女生的最前面，脖子像天鹅的那样修长，笑容像春天那样美丽。我相信台下的每一个观众都跟我一样，把目光聚焦在了安宁的身上。

那个舞蹈恢弘华丽，变换了很多队形。我有些眼花缭乱，但我的眼睛一直盯着安宁看，跟着她旋转到舞台的一角，又旋转到舞台的中央。有时候我会产生幻觉，仿佛我注视着的是一个陌生的女孩——我从来都不知道安宁会跳舞，而且居然可以跳得这么好。

零点的时候新年钟声敲响，《小步舞曲》的旋律越加欢快，安宁他们的舞蹈也到了最高潮。台下的观众不约而同地欢呼起来，整个大礼堂都要被这欢呼声冲破了。置身于这么多幸福快乐的人中间，我突然感到莫名的悲哀——我想这大概是整个高中时代我们欢乐的最高峰了，我们几乎透支了中学时代剩下的日子里所有的欢乐。我望望台上正挂笑容甜美翩翩起舞的安宁，不知道此刻她心里想些什么。

后来高三那年我们果然过得艰辛无比，高三的新年学校也没有为我们这些毕业生安排任何的活动。但是我想高二新年那一夜安宁的美丽一定定格在了许多人的心目中。

PART A15 安宁

我从来不知道高中校园里的人际关系会无比复杂，有些人，有些事，会让你防不胜防，大受伤害。

有些女生开始指责我的点点滴滴，走路的姿态，说话的语气，做事的方式，穿衣的风格……许多年后我在无数人那里听到在这些方面他们对我真心的喜爱与羡慕，可是在许多年前的高中时代那些指责与批评是我生命中的梦魇。

看，她竟然走路时高高仰着脖子，她有什么资格那样趾高气扬。

看，她居然敢穿那么奇异的裙子，真是不像话。

听听她是怎么跟老师说话的，还说要请老师到她家做客。真是谄媚。

她凭什么成天让一群男生跟在后面，又不交一个固定的男朋友。

……

面对这些我只能保持沉默。我不知道为什么在高中人与人之间的相互理解会那么困难。我想这些我都能忍受，只要我的朋友不会用这样的态度对待我。

可是她打击了我，她大大地打击了我。

高二的时候老师安排我们坐同桌，因为她的成绩在女生中那么出众，尤其是我不擅长的理科，她能够学得那么好，而我们又一起参加过两届的辩论会，所以老师希望我们能成为一对互补型的同桌。我真感激老师的这个安排，我在心底悄悄地感激老师对自己的眷顾。同时拿出了最真挚的热情来与她相处，而她也报以友好热心的态度。我想我们应该是默契亲密的好友。

如果不是一本日记，我想我到现在都还那样认为。

那段时间经常看到她专心致志地趴在桌上，往一个小本上记着什么。有一次我忍不住好奇，问她在写什么，她说没什么，我就没有再问。谁曾想事情会那么巧——不久后的某一天，她的那个本子掉在刚洒过水的地上，粘了很多泥。我从教室外面回来，看她不在就随手帮她捡起，可是那样一篇字已经映入我的眼帘——我情愿自己从来都没有看到过它们——"我觉得班主任偏心同学。我们班有个女生长得很漂亮，于是老师把很多机会都交给她。比如说英语演讲比赛，我认为自己的实力一点都不比那个女生差，可是老师却把那么好的机会给了她。""我的同桌做人很虚伪，对谁都挂着训练有素的笑容，其实就是为了利用人。男生们也都很讨厌她，说她……"面对那些尖刻的文字，我几乎无力站稳，我不明白是什么原因让她这么优秀的女生对自己成见这么深，让我更无法理解和忍受的是，既然她这样讨厌我，为什么表面上还可以做出那么和气的样子。

陈溪，你不应该，你不应该这样伤害一个单纯善良，毫无城府的女孩。

张婷是第一个知道这件事的人。她那么善良，及时地安慰我，给我宽心，并且坚定地站在我一边，还建议我将这件事情跟小可倾诉一下。我接受了她的建议。

递了张纸条约小可第二天下午出来到操场一叙，告诉他我有很重要的事要跟他谈。他大概被那句话吓怕了吧，一口就答应了。我能想到小可在接到自己那个没头没脑的条子后心急如焚的样子。

我永远记得那一天是2002年3月30日。那天下午操场上有猎猎的风，我的头发被风轻易地吹起，我的难过被小可轻易地驱走。他花了80分钟陪我谈心，给我许多忠告，时而举中美关系作比，时而拿出自己高一时的心路历程现身说法供我参考。我记下了他那些玉液琼浆般的言论"朋友之间都是不公平的，敌人才有真正的公平。""完美的东西本来就是不真实的。遇到所谓完美的东西首先要持提防态度。因为正是伪装成就了这份完美。所以预先的怀疑比事后为它的瑕疵而痛心要好得多。""'敌视'未尝不是好事，因为'敌视'至少体现'重视'，强过'漠视'。""女生打击女生，总要以男生为武器。"……我把它们写在自己的周记里，温柔可亲的语文老师在批语里写道"这孩子的话的确深刻，这样的开导对于你会比无原则的安慰有用得多。难过时多听他讲吧，会让你也多份深刻和旷达。"

但是有一句话我没有写在周记里，那就是小可对我说："安宁，说实在的，初中时没觉得你有多漂亮，现在觉得你还是挺漂亮的。"我立刻回敬他一句"初中时没觉得你有多不正经，现在觉得你还是挺不正经的。"这样属于我自己的珍贵的回忆，我不会轻易地拿出来与人分享。

高中毕业那年的夏天买了很多青春派作家的书在家里看，其中有一本是周嘉宁的《流浪歌手的情人》，看到里面有句话："曾经凛冽的年纪。"那个时候突然就哭了，是真的潸然泪下。回想那段艰涩而惨绿的少年时光，那些希望与失望，那些伤心和痛心，那些黯然和默然……时光如此凌厉地在我们身上留下伤口和回忆，然而高昂的头始终不会垂下。曾经凛冽，曾经凛冽的年纪。

PART B15 靳可

高中的时光像穿堂而过的风呼呼啦啦就从我的生命里掠过了。现在可以回想起的就是无休止的做题，模考，被老师叫去谈话，还有间或跟安宁通一次信。

2002年9月的时候我们的高三正式开始，虽然在此之前已经有了很久的补课，但那毕竟名不正言不顺。

高三的节奏一如想象中的紧张，单调而窒息。无数个深夜里我坐在书房中奋笔疾书，陪伴我的只有一盏台灯。夜这样长这样静。看看身旁日渐消瘦的莹，想想远在一班向来消瘦的安宁，有的时候会心疼她们。我记得9月22日的时候自己给安宁写了一封信，我说："每当我仰望夜空，我总仿佛觉得自己站在篝火旁边，身边是一支永恒的笛子。我觉得那一夜没有流星是因为恒星把友情化为永恒，不许流星击乱我们那融洽的气氛。今

天又是同样的星空，而你，而他，而她，而我，各有各的一分一秒。我在写信，你呢？他呢？她呢？"我不知道安宁读到那封信的时候会是怎样一种表情。

有些时候会蓦地想到苏瑶，想到那个美丽的女孩，那个如流星般刹那划过我生命天际的女孩。同在一所学校却已经很少见面，相逢也只是一笑。我想有的女孩是溪流，明快而跳跃；有的女孩却是湖泊，宁静而深邃。苏瑶和安宁就是这样两种人——永远不同的两种人。

高三的许多日子都周而复始，无可记述。只有安宁，只有安宁给这段沉闷的时光，给这个死寂的学校增添了一些惊喜与变化。

事关一场比赛。2003年的1月，安宁到上海参加了一场很重要的全国性作文大赛，那场比赛后来在某种程度上改变了她的生活。新年前的三天我放假在家，接到安宁从上海打来的电话，她向我报告说她拿到了一等奖，于是学校里面开始纷纷传说这个一等奖赋予她许多名校的保送资格。之后安宁回来，没有对我们说事情的细节和经过，只是沉静地笑着对我说，小可，我完成了一个心愿，你知道的。

我知道的我知道的我一直都知道的——这个女孩，这个疯狂迷恋写文字的女孩，我想她看重的根本就是那些所谓的"保送"之外关乎心灵与性情的东西。

我只是简单地回答她，安宁，祝贺你。现在你应该很开心吧。

事隔不久市里的报纸刊登了关于安宁的专访，还附了安宁的照片。是她站立在寒山寺门前，脸上是云淡风清的笑。我细心地读了那篇占据了三个版面的详细无比的专访，发现其中安宁本人的话很少，有许多是身边人的言论，她的老师，父母，同学……甚至还有秦川。

但是再见安宁本人她并没有什么不同，一次我到她们班上找她，彼时她正在埋头做题，见到我先是有点意外，然后抱歉地一笑说，小可不好意思，本来应该我去找你聊才对，可是你看，我得对付手头的大综合卷子。参加比赛我拉下了很多课，我得想办法把它们通通补回来。

PART A16 安宁

距离高考还有二十天的时候天气开始变得炎热，空气里有胶着的味道。女孩们的裙子仿佛也不如往年夏天那样飞扬得到处都是、绚丽斑斓了。

秦川在这个时候写信给我，他说“耳边高考的脚步已愈加清晰，而我的心反而更加沉静。也希望你能很好地度过这二十天。”他还写了张字条给我，内容很简单，语言朴实到极点：“我相信我能做到的事情，我一定能做到；你相信你能做到的事情，你也一定能做到！”后来回望这些往事，我发现秦川其实是一个很有魔力的人，在许多关键的日子里他说过的话往往惊人的灵验。

高考前的最后几天跟妈妈谈心，她说安宁你不要紧张，考试的时候正常发挥就行。数学题做不出不要苛求。她已经不是从前那个心高气傲，对任何事情都有着惊人的苛刻的女子了。我发现妈妈苍老了许多，皱纹已经悄悄地爬上了她的额头。她曾经是多么风姿绰约仪态万方的母亲。

高考前一天我们放假在家，收拾了一地的书。我望着它们，明白有些东西将就此告别自己的生活。会忽然之间想起曾磊，想起最后一次见到他时他无奈的眼神，想起那个时候我们之间就有了一座岛，分隔了我们的命运与年华。我想第二天又将会是一个分隔我们命运与年华的日子，希望小可，严依，秦川，甚至苏瑶江哲他们都能安然地走过这一天。

放了一些旧音乐来听，非常朴实无华的那种。用了很久的CD机里传出沙哑而真实的声音。听到小柯的那首《日子》：“爱你的人啊来了，你爱的人啊走了，枯黄的树叶飘着，是谁在不停的唱着”，突然一阵感动涌上心头。

这指缝间的流年，这心头上的岁月。

高考那天异常炎热，我穿着很简单的T恤和七分裤上考场。考语文

时坐在安静的考场上我的脑子里突然浮现出三年前几乎相同的时候步入中考考场时的情景，那时候有那么多的朋友，我感觉他们是陪在我身边跟我一起上考场的。时光的书页翻到三年后的今天，却发现自己只能这样无助地孤军奋战。严依的笑容，小可的眼睛，秦川的字条……纷繁交织的影像叠化，模糊，然后从不同的方向出画，散开在那段刻骨铭心的记忆里。

之后是一段漫长而难熬的暑假，估分，填志愿，拿成绩，焦急地等待通知书……那段日子里好像每个人都特别没有把握，每天蜷缩在各自家里，害怕而又不得不去勉力回忆跟高考有关的点点滴滴。当志愿表交上去的时候一切基本已经尘埃落定，我们把命运交付到了别人手中。无论结果怎样，我们终于可以离开，我们终于可以释然。

志愿交上去那天晚上我和小可、秦川到公园散心。那天的天气很是凉爽。我们三个肩并肩坐在公园里一座石桥的台阶上，一面抬头仰望星空一面回忆共同走过的那些日子。三个人都刻意地没有提及有关眼前的高考，有关未来的大学。只有星空和夜晚的风静默地来检阅我们的欢乐与忧伤。

八月份的时候高考放榜，我考到了北京，秦川是长沙，小可去了一座古老而落寞的城市，严依走得最远，是一个风吹草低见牛羊的地方。苏瑶和江哲双双留在原来的学校开始了复读生活。

看见的，忘却了；未见的，记住了。我知道就是从那一天起许多人许多事从我的生活中消失了，却就这样永远地鲜活在了我的记忆里。

PART B16 靳可

关于高考的记忆在我心底明晰无比却又不堪回首。参加了一场重要的考试，考出了一个不错的分数，报了一份过高的志愿，最后被录取到了一所从未考虑过的大学。就是这样。第一次感觉自己无法掌控自己的命运。

求学古都的经历是独特的。我的大学所在的城市是座厚重而肃穆的城市，曾经的繁华给了这个城市太多的记忆与故事，然而发展的缓慢又让它身上多了种说不清的沉重与悲凉。这和我初到大学时的心情无疑是吻合的。

古城里有肆虐的风。每当起风的时候我总会想起远在京城的安宁，我不知道我们是否在同样的时刻怀着同样的心情感受着同样的风。她考进了一所相当不错的综合类大学，读一个前程无量的专业，我想那应该是她的爱好所在。

还有秦川，他那考一所比较不错的重点大学的理想真的实现了。后来回高中的时候我看到光荣榜里他的照片——站在一棵香樟树下笑得一脸灿烂。仿佛那么久以来他的沉默，坚毅与执著都化作了那一脸如花朵般怒放的笑容。我终于相信了"性格决定命运"这句话。

在外语系的生活也是新奇的，同一个宿舍里四名同学，每人学习一种不同的语言，于是日语俄语西班牙语法语在宿舍里此起彼伏，宿舍俨然一个小联合国。每天早晨起得很早，到外语角随便拉上个人练习口语，或者捧着本其厚无比的外文书狂啃。是我们大多数人从未经历过的生活。

整个大一的一年基本上都对自己的专业没有什么兴趣，更不要说定位了。就这样浑浑噩噩地过去，日复一日。整个人状态有些消停。有时候我在心底问自己，靳可，那个曾经豪气冲天口口声声说要考中国政法的男孩哪去了？你是被一次失利打倒了吗？好在宿舍里面我最小，室友们对我很是照顾，这让我在离家求学的日子里感到一份难得的温暖。

外语系女生众多，看到她们有时我会拿来和自己从前姣好的女生作比。我发现在外语系虽然有很多女生，但我却找不到一个像严依那样温顺明朗的女孩，找不到一个像庞荔那样敢爱敢恨的女孩，找不到一个像莹那样惹人怜爱的女孩，找不到一个像安宁那样……我竟然找不出一个合适的形容词来形容她。总之最后所有的思绪落回到了安宁身上，想起她曾经冰冷直接的眼神，想起她倏忽而下的眼泪，想起她才气惊人的检查，想起她

117

翻然起舞的身姿……我终于发现这一路走来只有这个女孩在我心底留下了最刻骨铭心的记忆，过去的六年像指间砂那样流去，可是关于她的记忆成为永恒。我突然想起初中时代那次和曾磊的打架，真正的理由我一直没说，其实是因为我怕跟苏瑶的传言传到安宁那里让她看轻我。我一直是那么在乎安宁的想法和评价。

第一个学期和从前的同学都很少联系，只是在心里默默地想念他们。秦川和安宁都有时候打电话过来。他们的电话让我对他们各自的大学生活形成了一个基本的印象——秦川好像已经修炼成了一个任凭风吹雨打胜似闲庭信步的学究，每天面对一大堆的图纸很认真地画啊画啊画到不知今夕何夕；安宁的大学生活似乎彻底地快乐起来，电话那头总能听到她轻松的语调和变得超级快的语速——我曾经听人说过语速快是生活开心充满信心的体现，我愿意相信这一点。倒是严依，仿佛彻底融入了内蒙古这个大家庭，再不跟我们这些汉人联系了。

很多个晚上宿舍里我睡得最晚，一点点梳理旧日的回忆，觉得他们的笑脸突然模糊，可是心里的温暖逐渐清晰。

那些草长莺飞的岁月，那些断了心肠的流光。

PART A17　安宁

大学的生活空前的轻松，学习，逛街，看书，上网通通都不耽误。选了一些很轻松的课来修，港台电影赏析，能源开发与环境保护，社会心理学……都是些无关痛痒的科目，轻松地拿到很高的学分和积点。寝室里面是六个年龄相若唧唧喳喳打打闹闹的丫头，有人玩，有人聊，倒也惬意。

由于专业的关系我们得以参加很多活动，结识很多人，一时是录制节目，一时是协拍广告，一时是主持展会……日子好像总是忙乱得一塌糊涂，有趣得一塌糊涂，新鲜得一塌糊涂。

我还记得上大学离家前整理东西的情景。那时候把自己心爱的东西，宝贝的物事一寸一寸地摸过去，一点一点地整过去，觉得有些东西总算是可以丢下的，比如让自己喜欢到痛心的五十张CD，有的已经旧到布满了凌乱的划痕；比如最爱穿的裙子，整个青葱岁月里与我厮守的伙伴；比如用了很久的漂亮笔袋，像个迟暮的美人见证了自己晃动着拔节的青春……这些我通通可以丢下，可以放心地让它们留在该留的地方。可是有些东西我是毫不犹豫地把它们打点进自己的行囊，比如初中时候的毕业照，严侬笑得灿烂小可笑得迷离秦川笑得深邃庞荔笑得单纯，我们最后的相聚时光的凝固；比如严侬签得凶巴巴的同学录，如今我没有忘了她，她却忘了我般同我少有联系；比如高中三年小可写给我的十四封信，丝丝缕缕都是纠缠交错的回忆和林林总总的过往……事实证明我当初的决定是对的，在大学的寝室里我不止一次地将它们翻出来看，觉得温暖，觉得心安，觉得安慰。

　　2004年的时候和小可发了很多短信，有温情的问候，有严肃的讨论，有关于"世界小姐"的戏谑，有百无聊赖的贫嘴。就这样一直一直联系着，却很少有电话。通过短信我知道他参加大学里面的辩论会又拿到最佳辩手；他知道我得了特等奖学金；我知道他在《世界新闻报》上发表了关于俄罗斯局势的评论性文章，他知道我还是在《女友》的版面上厮混，间或也发表些风花雪月无病呻吟的小女子文字……2004年的5月我的书出版，终于打电话给他，告诉他我书里有很多文章中都提到你。他大言不惭地说这还用得着汇报么？没频繁提到寡人才是笑话……我终于相信虽然大学生活把我们分割得很远，可我们的心却比以往任何时候都接近。

　　倒是秦川时常有电话来，这小子财大气粗得紧，总是用手机直接拨过来，然后狂侃海聊没有二十分钟不收线。挂科的烦恼，当助理的喜悦，拿末等奖学金的得不偿失……我能感受到他生活得是这样丰富多彩。

　　还有严侬，学经济的她现在发来的短信也越发经济，总是很酷的三四个字："知道了"、"在寝室否？""不一定"。我也能想象她在遥远的呼和浩特握着手机眉头紧锁一脸严肃的样子。大概和一个学究也差不了太多了吧。

　　2004年的圣诞节北京飘起了雪花，大街小巷都充满了尤其浓厚的圣诞味道。晚上九点的时候我在王府井的新东安影院看电影，是冯小刚那部红极一时的《天下无贼》。突然有小可的短信进来，问我圣诞快乐。我说我在影院看《天下无贼》，那个时候片中插曲突然大作，是刘若英低吟浅唱的小调《知道不知道》：

　　　　那天的雨都是否已料到

　　　　所以脚步才轻巧

　　　　以免打扰到我们的时光

　　　　因为注定那么少

　　　　风吹着白云飘

　　　　你到哪里去了

　　　　想你的时候抬头微笑

　　　　知道不知道

　　那一瞬间我眼前忽然虚空一片，很多的画面依次地涌现在脑海里，错杂交叠。苏瑶美丽的侧影，江哲宽厚的傻笑，曾磊真诚的祝福，庞荔灿烂的笑容，秦川温和的迁就，严依无奈的感慨，小可适时的声援……那些消逝了的岁月，那些飘零得不知归处的往事，那些四散着青春扬花的时光，那些让我们欣然让我们酸楚让我们可以含着泪含着笑去细看的辛苦回头路一幕一幕地在脑海里上演。耳边是刘若英不依不饶地追问"知道不知道？"我不知道明天会发生些什么，但我知道有些东西会跟随自己一辈子；我不知道我的她，他，他们在属于各自的角落里做着怎样的事情，但我知道有些记忆终将珍藏在彼此的心田中；我不知道我们会长成怎样平静淡然的男子和女子，但我知道有些日子我们曾经活得生动……

　　我想把那一瞬间自己所有的想法都发短信告诉小可，最终觉得无从说起，只发给他一句："有空的时候听听刘若英那首《知道不知道》，是很

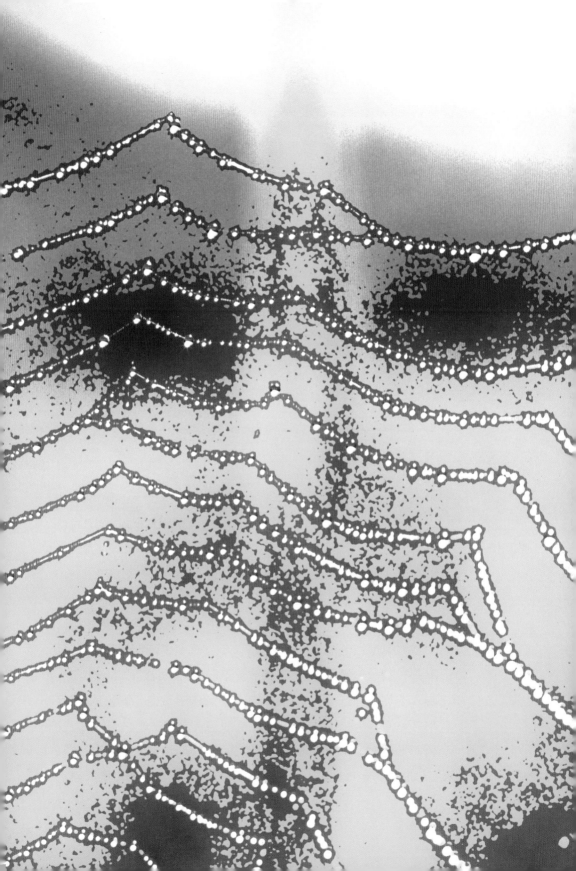

"愿使岁月静好，现世安稳。"

想想自己也算得现世安稳了吧，

可是有没有岁月静好呢？

只有惘然罢了。

干净的音乐。"

PART B17 靳可

　　大一的时候安宁实现了她自己一直以来的一个心愿——终于出版了自己的个人文集。她乐不可支地打电话告诉我那里面有很多关于我的文字。我说早在狗狗（google）上看到宣传了。然后让她寄一本过来。

　　但是由于投递的失误，那本书我最终也没有收到。我想有些东西可能是天数的注定，是我们人力不可预测不可转圜的。

　　2004年最后的几天里我们进入学期末的考试周，匆忙的复习让圣诞也变得草率和疏忽。没忘了发短信给秦川和安宁，我的好兄弟和好姐妹。发给秦川的时候是上午，他很快回短信说他跟我一样也忙于痛苦的复习。晚上的时候发给安宁，她回的是句没头没脑的话："有空的时候听听刘若英那首《知道不知道》，是很干净的音乐。"

　　安宁的短信是手边的指示，我立刻找来放着听。循环播放，一遍一遍。这歌和刘若英的声线一样干净单纯。我坐在床边不言不语，听着听着就想到很多事，很多曾经以为已经远去却发现依旧鲜活的东西。整个宿舍的人都惊呆了，他们纷纷跑过来问我没事吧，是不是傻掉了。

　　我回答他们，我很好，我没事。

　　可我真的傻掉了。

　　是民歌的调子，编曲很简单，甚至有点干涩。同当前那些华丽的时尚的诡异的音乐比算不上好听，但是有种直接而强大的力量，像是要把人心撕裂开来。感动，深刻而长久地感动。有时候感动是这样一种力量，让人不是变得脆弱便是变得坚强。我明白安宁的意思，这是最适合我们的一首歌。

　　"那天的雨都是否已料到，所以脚步才轻巧。以免打扰到我们的时光，因为注定那么少。"像是隔了那么多年回望时通透的彻悟，直指人心而又

一片惘然。我们的时光呵……我们生长得咯吱作响的两千多天，我们没心没肺不知珍惜的中学时代，我们至情至性牵肠挂肚的怀恋与想念，它们是怎么样的就与我们不期而遇了呢？

"风吹着白云飘，你到哪里去了。想你的时候抬头微笑，知道不知道。"想想我们的少年时光，是这样轻快而忘恩负义地甩下我们无声无息地就跑到不知名的地方去了，而我们都散落在天涯的哪一端呢？你到哪里去了，你到哪里去了呢？我的秦川，安宁，严依，苏瑶江哲曾磊庞荔……当我想念你们每一个人的时候我是真的抬头仰望着高天上的流云，脸上是落寂的微笑。这些，我知道，安宁知道，你们，知道不知道呢？

大学故事

十几年来一直憧憬在自己18岁的某一天，我能够抱着一叠中文方面的书，白衣飘飘、裙裾猎猎地走在南方一所综合类大学的校园里。没想到上帝跟我开了个玩笑，一场高考把我送到了北方的心脏城市——北京，最终收留我的是北京广播学院。

改变你所能改变的，接受你所不能改变的吧——于是，八月过后，我收拾铺盖卷儿，在爸妈的陪同下到广院报到，正式开始了自己的大学生活。我的大学故事，也要从这里开讲了——

Track 1 报到篇之惊艳无极限

尽管报到之前已经千万遍地在脑海中描绘过了未来同窗们的形象，可是真正报到那天，身边同学们的靓丽、帅气程度之高还是着实将我吓了一跳。那天一进大门直奔新生接待处。接待处设在南院的核桃林，每个二级学院摆上几张桌子作工作台，竖上一面本学院的大旗，各专业新生循大旗对号入座，"各做各的一份事儿去"。播音主持艺术学院的接待台理所当然地占据了最显眼的中心位置，台前已经排起了长长的队伍，排队者均为外型出众的俊男靓女们，让我这等富有"内在美"的人自卑到家。排在我前面的是两位青春美丽的阳光少女，一个圆圆的脸蛋，大大的眼睛，深深的酒窝，乌黑长发，明媚照人；另一个身材高挑，笑容恬淡，气质非常典

雅温和。两个女孩儿都是东北人，正操着略带东北腔的普通话非常投机地交谈着什么。再环视四周谈笑风生的同学们，个个都是一等一的人才，真是养眼！

好不容易轮到我办理手续了。所谓"办手续"，其实不过是把几份表格上交，再盖几个红章就OK了。接待我们的是一位清瘦而干练的大女孩，相貌和吴倩莲颇有几分相似之处。起初我还以为这是我们的学姐，为学校做志愿者义务接待的。后来才知道这位清秀佳人竟是我们未来的班主任——曾恬（其实这"tian"左边还有三点水）老师。这也不能怪我认错，曾老师是99级本科生，03年刚好毕业，因为在校期间表现突出留校任助教，担任我们的班主任。鉴于曾老师名字中有一个在电脑上狂难打的"tian"字，且其年龄和我们相差不了几岁，还有两颗小虎牙，笑起来非常可爱，所以在后来的日子里，我们全班一致亲昵地称曾老师为"小甜甜"。

办好了各种杂七杂八的手续，我和爸妈拖着大箱小包的行李，开始直奔以后四年我的栖身之地——北京广播学院中蓝大学生公寓，简称"中蓝公寓"。由于我是18年来第一次离开家庭的温室，所以爸妈特别关心我的住宿情况。急急忙忙冲到中蓝，找到了我的房间号码——X区213室——这让我在日后时时感到温暖和自豪的21X。

寝室的条件基本还算让爸妈满意：六人间，上下铺，小是小了点儿，不过设施比较便利——有独立的卫生间、浴室和阳台，有电话、写字桌，每人一个还算宽敞的杂物柜。老爸老妈一进门就开始替我忙活：找床号，铺寝具，换新锁，安置行李……他们一边忙着手上的一边跟我交待：在寝室跟同学要处好关系。晚上要冷就盖两层毛巾被。开箱子拿东西的时候要小心碰到头……是这样平淡朴实的句子，却流露着闪动于细节中的浓浓爱意。这爱意在这即将到来的分别之际显得更加分明。

我到得算早的了，寝室里只有一个女孩好像已经提前入住了，就是我的下铺。这点从她晾在阳台上花花绿绿的衣服就能看出。不巧的是这女孩不知出去干什么了，所以还是留了一个不小的悬念给我。正在我暗自思量未来的下铺会是何等人样时，门一响一个女孩闪进来了，身后跟着她的家长——正是我下铺的女孩。她与我对视5秒，两人同时向对方爆出一声惊叹："天呐！你怎么可以这么瘦？！"然后相视发出一阵爆笑。这女孩与我身高相若，一个小马尾辫，说话极利索，眉宇之间流露出一股英气。然后就是热切的攀谈，攀谈的内容是可以想见的——叫什么名字，哪里人，高考的情况等等。从交谈中我了解到，她叫时冉。"时间的'时'，冉冉升起的'冉'。"（她自我介绍时的原话）河南信阳人，跟我是老乡。这让我一下子有了一种"他乡遇故知"的亲近感，对眼前这个女孩立刻产生了一种亲近感。或许这就是缘分——这个我在寝室里第一个见到的女孩，日后成了我最要好的朋友。

不一会儿，剩下的四个女孩陆陆续续都来了，我心中的谜团也一个接一个地被解开：××玲，广东汕头人，相貌是我十八年来见过的最最美丽动人的，让我在第一时间内惊艳万分。后因其名字委实拗口，全寝室上下一致称呼她为"阿玲"。亲切吧？阿玲最初有两个特点给我印象非常深刻：一是她是全寝室惟一一个由男友而不是父母陪同过来报到的，二是她的美。阿玲的确美得惊人，即使是在美女如云的播音系，她也毫不费力地摘取了系花的桂冠。她的眼睛妩媚迷人，无时无刻不蕴涵着温柔的笑意。长长的卷发流泻在肩上，特别有港姐风范。YL，一位自称来自"革命老区"——贵州遵义的靓妹，时尚美女的代表，浑身上下没有一丝"革命老区"的气息。第二届全国"新苗杯"中学生主持人大赛贵州赛区的第三名，被说成像李湘、秦岚、安心……N个人，极具明星气质。YL因为说话行事都颇有大姐风范，所以在后来的日子里一直被大多数人称为——"磊姐"，虽然她的年龄在我们寝室只排行老四。SY，我们寝室真正的"大姐"，也是后来被全票通过公推的寝室长，因其读书在南京，高考在北京，在最初的日子里一直让我们对她的学籍问题困惑不已。SY是我们寝室成员中最富艺术气息的一个，钢琴十级，舞姿优美，真令女生艳羡，男生爱恋。鹏鹏，也是我的老乡，河南濮阳人，自我介绍时

总爱说"我来自中原油田",使我在很长一段时间里都对"中原油田"的行政区划级别十分迷茫。鹏鹏以毛发旺盛和爱吃动物内脏著称,而这两点据磊姐分析是具有因果关系的。

就这样,截至2003年9月6日,北京广播学院03级播音本科班女生寝室213正式完成组建。一段未知的寝室大戏,也将从此拉开帷幕……

也是在6号下午,我依依不舍地送走了爸爸妈妈。这18年来和我朝夕相处,对我疼爱有加的爸爸妈妈。当他们乘坐的黑色轿车缓缓开出时,我的心头涌起了无限的留恋与怅然。隔着玻璃窗,我看到妈妈掩面流泪了,那一刻我的心酸涩而又沉重。但我没有哭,我只是微笑着朝车里的爸爸妈妈挥了挥手,我要让他们相信,更是让他们放心——他们的女儿能够以最快的速度适应新的环境,新的生活,她会继续在这片全新的天空中展翅翱翔的。

Track 2 见闻篇之广院趣闻

广院是一所以艺术类专业闻名全国的大学,她的播音、电编、文编、新闻等专业都很强,这也就决定了广院的许多地方很具自己的特色。因此,生活在广院之中,各种趣闻逸事也就不胜枚举了。

走在广院的任何一个角落,你都能看见大批的美女潮水一般地从自己身边涌过。这里几乎集中了所有你能想到的气质类型的美女:青春型,阳光型,淑女型,清纯型,美艳型,可爱型,时尚型,出位型……真可谓是包罗万象,应有尽有。无怪乎什么《女友》啊,《新锐》啊总爱从广院选美眉做模特。有一件事情很能证明广院在这方面的实力:2003年9月号的《新锐》杂志上搞了一期名为《京城高校美女排行榜》的调查,调查范围包括了北京69所高校,调查对象包括大学生、社会各界人士以及部分网民,因此调查结果还是比较有公信力。令我们骄傲的是,在这项调查中,广院以绝对的优势挫败了实力不俗的中央戏剧学院、北京电影学院、中央音乐学院等"美女高校"，雄居榜首。这个调查足以说明广院在民众心目中"美女化"的程度之高了吧。

广院的电视学院一向很牛，他们的学生大二就扛着DV在校园里四处晃拍片子当作业。他们的片子多为一些实验剧，思想前卫，视角新颖，手法独特，许多学生作业还获过全国的大奖。走在学校里，经常会被电视学院的同学抓去当他们片子的主角。播音系的同学外形出众，被抓到的机会尤其多。一次我从中蓝楼下走过，忽然撞到一个长发飘飘的女孩满脸泪痕地从我面前冲过去，身后跟着一个相当帅气的男孩，一边追赶女孩一边嘴里解释着什么。可那女孩毫不理会，径直朝前冲。一看就是恋人之间拌嘴的情状。就在这时，令我意想不到的事情发生了——那男孩劝阻不成，居然恼羞成怒，不知从哪里摸出一把水果刀，恶狠狠地对那女孩说："石小青，今天我跟你一起在这了断！"那亡命之徒的样子把我吓了一大跳，正要见义勇为，却听见一声高叫："OK！下一个分镜头！"原来是电视学院的同学正在拍片子。看人家这水准，把我这校内人士都唬住了。

再来说说播音系自己的趣事。讲两个老掉牙的笑话吧。头一个，说的是播音系的同学们有早练声的习惯，每天早上找块空地清清喉咙开始"八——拔——把——爸"地扯，为的是打开喉咙。可是外专业的同学不需要练声，搅了人家的清梦人家自然不乐意，于是就有外专业的同学窗子一开，头一伸，针锋相对地朝播音系的同学喊："涛——桃——讨——厌！"真是叫人哭笑不得。其实，早练声是播音系同学的专业需要，就像英语专业的每天早上要读英语一样。还有一个叫"明月肉的故事"。这话更早了。头几年，广院食堂有种比较高档的小炒，鸡蛋炒火腿，美其名曰"明月肉"。有个播音系的男生到食堂点菜，用特别浑厚带环绕立体声的那种男低音说："师傅——请给我来一碗：明——月——肉。"师傅一听乐了："同学，你是播音系的吧？"那同学依然一副播音员派头："您——听出来了？"这些故事未必真有其事，大多是外专业的同学杜撰出来打趣播音系的。不过，在广院也是长讲不衰的段子。

总之，广院是个让人长见识的地儿，在广院生活过的人，没有几个不能讲出些趣闻奇事的。

Track 3　生活篇之活动也疯狂

有句话说：在广院，只要你不想闲着，广院总有办法不让你闲着。确实如此。且不说广院多如牛毛的社团活动、体育赛事、文艺演出，单是各种各样的讲座就让你眼花缭乱。要是你再在班委会、系里的学生会甚至整个学校的学生会担任个一官半职，你就更别想清闲了。从大一入学到现在，什么新生运动会、"广院杯"足球赛、"三得利杯"篮球比赛、"广院之春"歌手大赛、才艺新星大赛、齐越朗诵艺术节……大大小小的活动也不知经历了多少。每每和高中同学通电话说起这些活动，他们总会无比艳羡地在电话那头惊呼："你们的生活好丰富啊！"其实，有时候活动多得都让人麻木了，早没了高中时为了一个活动激动半个月的新鲜感了。

不过，身处北京这样文化氛围浓郁，高校数量众多的城市里，有很多高校互动的校际活动还是很让我喜欢的。印象最深的是去年的大影节颁奖晚会。

大影节，全称是"北京市大学生电影节"。这是一个真正属于大学生自己的电影节，影片的投票、提名、评审等全由学生主导完成。它最早由北师大发起，2003年恰好是第十届，因此搞得特别隆重，颁奖晚会仍在北师大举行。广院也接到了活动邀请，并把所有入场券都分给了播音本科的新生，也就是我们。这让我们又是激动又是自豪——瞧，这就是播音系在学校里的地位！

那天的晚会定在晚上8点在北师大的京师广场举行。我和同寝室的姐妹们一早就乘731（我们学校附近一趟名称极其恐怖的公交线路）抵达了。进入京师广场的时候已是暮色沉沉，晚会现场灯火通明，流光溢彩。各个大学在会场中都有自己的一块阵营，而且阵营当中高高飘扬着本校的旗帜。我们一眼就找到了广院的大本营——我们的方阵安排在会场的中间偏左处，左边是北京外国语大学，右边是石油大学，前方是清华大学。当我找到自己的位置坐下来，看着身旁林立的红旗和年轻的笑脸，听着众多的声音轻快地交谈时，我突然感到自己是这样幸福——置身于这么多青春飞扬的生命当中，和他们观望着同一个城市的蓝天，呼吸着同一个城市的空气，在自由气息十足的大学里舒展着嚣张的自我与肆意的个性，周遭充满着温暖与风情，剽悍与才思。无数颗年轻的心脏一起跳动着，无数年轻的血液一起汹涌着，大家一起笑，一起唱，一起忧，一起怒……大学生，构成了北京一个独特而又庞大的群体，一个被社会所重视所宠爱的群体。人们愿意听听我们的声音，我们也愿意一起把自己心底的话告诉社会——这样的感觉是多么让人迷恋。

晚会上还见到了许多明星：周迅、夏雨、袁泉、袁立、高晓松、瞿颖、李亚鹏、马伊俐、王学兵、艾敬……他们中的许多人大家都是第一次见到本人，那一晚的尖叫和欢呼难以用语言来形容。这以后的好长一段时间里，每次和家人、同学打电话，我都津津乐道于大影节晚会的见闻。

除此之外，身为播音系的学生，还时常有机会参加一些电视节目的录制。像大家熟悉的《艺术人生》啦，《超级访问》啦，《夫妻剧场》啦，《对话》啦，《百家讲坛》啦……我们的同学都曾经参与其中，见到的明星也越来越高级：李小双、陈鲁豫，张柏芝……以至于寒假回家高中同学看到我的手机上存着陈鲁豫的号码时都要晕过去了！去年冬天正逢我们播音主持艺术学院成立四十周年庆典，中国的名嘴到我们学校来了一大帮。我作为系里的礼仪小姐，还有幸和央视著名主持人海霞老师零距离接触（当我引领她步入庆典主会场的时候，我从侧面看着她无懈可击的五官，心想：她真的好漂亮啊），并见到了文坛泰斗的魏巍老先生。这些都是值得我典藏一生的回忆。

有的时候我们还会到一些兄弟的艺术院校去观摩、学习。像今年春天到中戏看2000级表演本科班的毕业大戏《楼梯的故事》。不大的逸夫剧

场里几乎座无虚席。演员们的表演非常真挚自然，我一边欣赏着他们高超的演技一边猜测着未来的日子里谁会红起来。那真是一种奇妙的感觉。

以上说的都是一些大的活动。其实，我们寝室内部也有自己的小活动。像什么任意寝室成员家属来京都要请全寝室吃饭啊，周末晚上一起围在电视前看碟片啊……我把这些写信告诉妈妈，她在回信中羡慕地说，你们的生活还挺滋润哩。

Track 4 学习篇之自习室之歌

有人说广院是一所学风比较浮躁的大学。这话的确不假。广院的许多专业包含相当多技术层面的东西，需要动手实践。因此有许多同学忽视了知识的学习与积累，能够坐下来静心思考，认真琢磨事儿的人不多。不过，也并非所有人都是这样。通过一段时间的观察，我发现在广院学习分几个层次。第一种是勤奋刻苦型的。那就是还保留着高三学生高考前那种状态的。天不亮就出去读英语，成天泡在自习室里，不到晚上11点不见人影的。第二种是循规蹈矩型的。该上的课都去上，布置的作业按时完成（不一定独立），但决不在此之余多学习一点。第三种是狂放不羁型的，该上的课不去上，可去可不去的更不去，终日与寝室（主要是自己的床）长相厮守。还有一种简直可以称为"编制之外"型，就是虽身份上属于广院的学生但在广院几乎从来见不到人影的。这就像网上那个流传甚广的笑话，讲的是大学里考试者的三境界：第一种境界是："啊，明天要考英语？"第二种境界是："啊？下节课要考英语？"最绝的是第三种境界："啊，刚才考的是英语？"晕！

我基本是属于第一种类型，很多时间在自习室里度过，久而久之对自习室的逸事也有不少了解。广院的自习教室分大中小三种规模，无论哪种规模的自习室里都可以看到三种人：奋笔疾书的人，手头多是一些理工科课本、习题；念念有词的人——手头绝对是外语书；卿卿我我的人——

全是校园情侣。最近还在报上看到南京大学正在热烈讨论"大学应不应该开设情侣自习室"的消息呢！

　　大学生当中特别火的《自习室之歌》作者是哈工大的一名本科生，这歌火就火在它简直太真实了。像什么为了占座在黑板上写句"下午三点有会"，这都是我们常用的阴招。不过，大学的自习室真的教会了我许多东西——沉静的思考，踏实的练习，还有与高中时完全不同的为兴趣而学习的快感。将近一年的大学生活，我对自习室培养了很深的感情。

Track 5 杂谈篇之感想一大箩

　　好像是某一天突然从报纸上看到"距离高考还有11天"的时候才突然意识到自己享受大学生活已经将近一年之久了。大学自由的空气，多元化的生活，广阔的天地确实让我的思想在飞速地深化与成熟。她让我学会了与人相处的艺术、团体协作的智慧、培养了独立思考的能力和对知识更浓厚的兴趣。回想初进大学的时光，对比一年前那个青涩的自己，我真的感到：我长大了。这长大不仅包括身体的成长，也包括心智的成熟和心态的完善。我要感谢大学生活，她用一种看似简单平淡的方式给我的人生注入了最宝贵、最重要的元素，让我在未来的道路上，能以更坚定的步子走得更远，更远。

惘然记

春天来了，天气暖了，我的头发变黑了。

新开学的时候我一个人在校园里面晃晃晃，看那些高大挺拔的白杨树经历了一个冬天的严寒越发地坚不可摧，突然就想起老狼在《只有你陪我一起唱歌》里面唱过的句子："你对我说过你是执迷不悔/沉默地和我过着漫长的日子/在那个寒冷的季节/所有的人都逃避风霜/只有你陪我一起唱歌。"然后想着自己已经是大二了，想着从前陪我一起唱歌的那些人都纷纷散落在天涯了，想到我们曾经嚣张的日子都不会再有了，想起不是什么人都可以彼此相守到白头了，忽然有说不出的难过。

四级的成绩出来了，我是84.5分，离优秀只有半分之遥。同学纷纷打趣我说这是因为我人品太差，遭了老天报应——我是真的人品太差，答应小可要和他考同一所大学的，可是都食言了；想着有些事情要一生一世都不忘记的，可是都在念念不忘的过程中逐渐淡忘了；说过要和嘉琦相守不弃的，可是几乎都音讯全无了。公布成绩那天小可和嘉琦纷纷发短信给我询问我的状况。我苦笑——我们曾经是那么近那么近的朋友，现在却只有在面对四级这样全国大学生都整齐划一的事情时才能保持同步。有时候我甚至觉得，如果两个人不能生活在相同的空间，那么干脆不要生活在相同的时间，那样也省去了想念。

想起以前的时候我跟小可是英语老师最得意的学生，我们在英语课上旁若无人地高谈阔论，肆意地接老师的话，对各种练习题的答案发表不满的评价，嚣张得汪洋恣肆。那个时候我们有多么快乐，成绩有多么优秀，日子有多么好。还记得那时候小可喜欢班上的一个女生，我帮他出谋划策摩拳擦掌的样子；还记得我难过的时候他陪我坐在学校大操场上看流云的样子，还记得夏天大家一起去游泳他把我整下水的样子……那些穿梭于我生命中的流光，为什么这么容易"把人抛"呢？

　　而现在我在播音系念书，学的是一个要求不停说话的专业，可是自己却越发沉默。喜欢低头，有古怪的想法，话一天天少下去，笑容在一点点变浅。小可学的是俄语，每天都沉浸在一种我全然不懂的语言当中。我学的是最纯正最典范的汉语普通话——吐字归音，呼吸共鸣。我想有一天我们会不会再也说不到一块去了呢？

　　这个学期开始觉得前所未有的惫懒，对什么事情都提不起兴趣。课程比以前轻松了许多，反而觉得没有课的时候无所适从。打开电脑的时候不晓得应该做些什么，于是一遍又一遍地玩那个可笑的游戏《恶邻复仇记》，一遍一遍地被胖子邻居贬倒然后发出惨叫。突然觉得里面那个干瘪瘦小的主人公就像我自己一样，每天辛苦恣睢的过着，处心积虑地想着应该怎样营造自己的生活，可是还是很容易就被生活开了自己的玩笑。有一天上网的时候碰到高中同班狒狒，百无聊赖地问他有什么好玩的网站推荐来看看，狒狒一本正经地说"电脑是用来学习的，不是娱乐的！"我发给他一个愤怒的表情，他马上改口说"新浪，网易，搜狐。"看来大家都一样，已经无聊到这样的程度了。又或者大家都已经老了，老得不存在什么新鲜感了。

　　我习惯于敲字的时候放歌来听，最近一段时间开始频频放老歌。从张雨生的《大海》到王菲的《人间》。王菲，这个我最喜欢最喜欢的女子，脸上一贯有着疏离冷漠旁若无人的女子，她曾经占据了我生命中那么久的纯美时光，在我最年轻最鲜活最水嫩的日子里让我哭让我笑让我感动让我怅惘。我至今还能想起在高中昏昏欲睡的政治课上我悄悄插上MP3听她的《红豆》的情景，还能想起对着一首《流年》因为歌词而潸然泪下的情

Small Deceptions

133

景，还能想起在周记里一次次宣扬她的好她的美的情景……可是现在她就要跟我最最讨厌的李亚鹏结婚了，我真的很难过很难过。冰雪一样的她怎么可以属于这样凡俗的男子呢，怎么可以呢。

更多的时候听的是纪如景的《值得一辈子去爱》，纠结缠绵的语气像是精巧但是锋利的针一样一遍遍来刺我的心："我需要一个属于自己宽敞的房间，装满阳光静静感受温暖。委屈时泪水让它一颗一颗掉下来，就算是过分也无须收敛。我总是独自打开天窗面对着蓝天，看不懂逃避寂寞的表演。今夜我站在记忆已经模糊的海边，幸福水面是你不变的脸。谁是你值得一辈子去爱的女人，无论多久都不散去的温存。谁是你值得一辈子去爱的女人，醒来身边望着你的清晨。谁是你值得一辈子去爱的女人，是你说过还是我天真。谁是你值得一辈子去爱的女人，来世今生最想要你的人。"是这样低回哀怨的旋律，没有特别高的音区，只有痛彻心扉的追问，一遍遍地渐次铺展开来。听着这样的歌让人常常有想哭的冲动。

疯狂地喜欢这首歌，于是把它的歌词设置在QQ的个性签名档里。关心我的孩子们上线来，非常担心地问我小锦你怎么了怎么了。我说没什么，我只是难过。

有一种情绪是莫名的。可是一旦滋生，就马上地动山摇。

回想起来从前的时候有些情绪也是这样的。那个时候我念高中，觉得日子长得像是看不到尽头。那么多那么多漫无尽期的时光，我们像坐在地狱等待救赎的人。那个时候放在枕边的是一本小小的但是很厚的《圣经》，薄薄的纸张，很小但是清晰的字体。里面有些句子是自己一直都喜爱的："我的心默默无声，专等候神，我的救恩是从他而来。惟独他是我的磐石，我的拯救，我的高台……"读着这样的句子，就觉得心安，觉得宁静，觉得被安慰。那时候我喜欢穿裙子，那种很长很长的棉布裙子，一直盖到脚面。我想这也许和那时候的心境一样，那时候我是个安静羞涩不愿意把心事轻易示人的孩子。每天抱着一摞一摞的学习资料从校园里走过去，面对着天上的云卷云舒心里会突然泛起忧郁。常常会想，几年后我会在哪里看这些美丽的流云，又是谁会陪我看这些美丽的流云呢？

　　而当这些问题终于有了答案的时候，我发现其实追寻答案的过程比答案本身对我而言更有意义。

　　一转眼冬天过去了，春天又到了，三月过去了，四月又到了，这是我在北京度过的第二个四月了。

　　我发现一到四月的时候自己就特别伤感，也许是因为四月是春天刚刚展开的时候，也许因为我的生日在四月，也许因为单单"四月"这名字本身就让人特别容易忧郁吧。

　　一号那天我觉得莫名其妙的难过。之前一直很晴朗，可到了一号天气突然转阴，走在有些暗淡的校园里，看看身边来去匆匆的人们，觉得心里空落落的。早上第一节是欧洲文学史，坐在大教室上听长得极其凶神恶煞的欧文老师讲《圣经》，听到她讲《圣经》完全是教会奴役人民思想的工具和产物，只字不提里面那些美丽得令人心碎的句子，情绪一下子变得很低落很低落。坐在我旁边的孙孙生病了，向我抱怨说大学比高中还痛苦，为了混一个高点的平时成绩生病了都不敢请假回宿舍。我的难过更加泛滥。我觉得本质是自己和孙孙是同一种人——他是男生第一名，我是女生第一名；他是全班第二名，我是全班第一名。我们都是优秀的学生，都是好孩子，都是到了大学还能在成绩单上高居前列的人。可是为了这么一点虚无缥缈的名次我们牺牲了多少本来可以纵情挥洒的好时光。每节课都坐在第一排，不敢漏掉一点笔记，再有意义的活动只要是和上课时间冲突哪怕是垃圾课，我们都得忍痛拒绝参加，很多个夜晚和四六级卷子、GRE词汇一起度过……有时候想想，在大学里我想要的究竟是什么呢？曾经上高中的时候我无比向往大学的生活，以为到了大学就可以有很多可供自己自由支配的时间去干我自己喜欢干的事。可是

现在，我有了成把成把的时间，却把这成把成把的时间用在做自己不喜欢的事情上，我想我真的快乐吗？

我承认自己是虚荣的孩子，听到别人介绍自己"这是他们系拿一等奖学金的"就很开心。可是我牺牲了什么，那些招展的思想，那些醉心的阅读，那些恣意的挥洒，那些自我的小幸福……我讨厌这样的生活，讨厌这样的自己。于是就想起张爱玲与胡兰成签订的婚书上面的句子："愿使岁月静好，现世安稳。"想想自己也算得现世安稳了吧，可是有没有岁月静好呢？只有惘然罢了。

年华，恍然，以及无法处置的今天

整理换季的衣物，打点昨日的心情，恍然间发觉一年的光阴似飞鸿踏雪般从我身边掠过了。

恍然，为什么又是恍然。我总是爱用恍然。

这个夏天对我而言如同一部冗长的默片。在这部默片里，自己告别许多人，结识许多人，忘记许多人，爱过许多人。可是回首看时，一帧一帧的画幅都是静默，都是平淡，都是隐约，都是疏离。色彩，气息，声音——让我们遗忘了这个夏天的全部，即使事关成长，事关心动，事关怀念。

谁用谁的琴弦召唤谁，谁在谁的梦里作别谁，谁为谁的红颜祭奠谁，谁将谁的怅然留给谁。

每一个黄昏我会对着你的方向看落阳，那种血液一样残酷和血液一样沉重的影像。

我想起你的罗裳，它盛开在我的整个平淡岁月里，也是血液一样的颜色，血液一样的冲击。

我抬头望望昊天，它延伸到我无法触及的地方。不可想象，不可预知。

我的俊马秋风塞北，你的杏花春雨江南。

千载秦淮水流影在，万里长城空余悲风。当我开始试图描述你的样子，想唱给你的歌已经不得唱，想写给你的诗已经无从写，想讲给你的话已经没法讲。

时光是个巨大的沙漏，细沙从我们指间流走，应当觉察的往往被忽略，应当铭记的往往被忘却，应当保留的往往被删节。

我们还剩下些什么，是我的红袖乱舞，还是你的容颜如雪。

一点朱砂，两方罗帕，三五鸿雁，乱了四季扬花。六弦绿漪，七星当挂，八九分相思，懒了十年琵琶。

星光下检阅我的往昔，甜腻的，稳妥的，酸涩的，潮湿的，收服在那个精美的小盒子里——是十年前你送我的意大利糖果盒。如今里面的糖果已经不在，可你把甜蜜的气息为我锁在了里面。淡蓝色发卡，收到的第一封情书，最钟爱的粉色公主裙上脱落的扣子，旧时听惯的CD，奶奶传下来的菱花镜子，用光了香水的香水瓶……我把我的昨天和关于你的回忆锁在了一起，可是我的今天——我又该如何处置它呢？

《圣经》里说，爱是虚空，爱如捕风。这世上最可以被称之为义无返顾的就是决绝地伸出手来，去捕捉那注定离散的风。而这世上最可以被称之为绝望的就是梦醒时惊觉其实根本无风可捕。

每个人的心迹都是一条河流。汹涌澎湃抑或波澜不惊。曾经以为你，我，我们每个人都不会老去，就像我们的河流会一直轰轰烈烈向前跑。终于有一天我发现，有些东西终将物是人非。

不要轻易提及"年华"两个字，那太容易轰然老去的东西。时光教会我们的，是把记忆有选择地清空。

然而有些东西我会永远保留下去，比如你的气息，你的声音，你的笑靥。一直到老，一直到死。

让我们在风里歌唱，歌唱那无法遮挽的今天。

北京华章同人公司邮购书目

近期发行重点书目		作　者	定　价
剑与禅——宫本武藏（上下册）	2005.8	[日]吉川英治 著	98.00
源泉	2005.8	[美]安·兰德 著	58.00
美人铺天盖地	2005.8	吴景娅 著	25.00
华山，又贱华山	2005.8	黑漆板凳 著	20.00
成吉思汗	2005.10	[美]杰克·威斯佛特 著	28.00
神话简史	2005.10	[英]凯伦·阿姆斯特朗 著	18.00
帕涅罗珀	2005.10	[加]玛格丽特·阿特伍德 著	18.00
重量	2005.10	[英]简妮特·温特森 著	18.00
青春系列			
才华是通行证		蒋峰 著	20.00
我们都寂寞		王皓舒 著	20.00
年华，恍然		麻宁 著	20.00
迷途		郭丹 著	20.00
惊悚系列			
眼镜蛇事件		[美]普莱斯顿 著	28.00
高危地带		[美]普莱斯顿 著	25.00
零点时刻		[美]范德尔 著	29.80
百万诱惑		[美]布莱德·迈尔泽 著	29.80
经典·思想·畅销			
中国哲学简史		冯友兰 著	38.00
大狗：富人的物种起源		[美]理查德·康尼夫 著	22.80
一个战时的审美主义者		[美]以塞亚·伯林等 著	28.00
常识		[美]潘恩 著	13.00
重现经典系列			
美丽新世界		[英]赫胥黎 著	20.00
华氏451		[美]布莱德 著	20.00
秘密花园		[法]米尔博 著	20.00
穿裘皮大衣的维纳斯		[奥]莫索克 著	18.00
崩溃		[尼日利亚]阿切比 著	18.00
亨利和琼		[美]阿娜伊丝·宁 著	20.00
国内文学			
18岁给我一个姑娘		冯唐 著	18.00
蝴蝶飞不过		黄雯 著	22.00
那些花儿		章小堂 著	25.00
人文社科			
红衣女孩		[波]丽哥卡 著	18.00
藏秘：唐卡奥义		隐尘 著	29.80
圣经文学二十讲		古敏 云峰 著	38.00
历史大讲堂		李东阳 著	28.80
十个女人的上海滩		田茜 等编著	22.00
我为书狂		石涛 编著	22.80
名著浓缩一句话		何江 编著	16.00

克里玛作品系列		
爱情对话／我的初恋（短篇，上下册）	[捷]伊凡·克里玛	29.80
爱情与垃圾／风流的夏天（中篇，上下册）	[捷]伊凡·克里玛	29.80
被审判的法官（长篇）	[捷]伊凡·克里玛	26.00
励志与心理		
受益终生的一句话	于江倩 编著	22.00
30万年薪的30岁	张力升 著	22.00
我要飞翔	刘 正 编著	16.50
你是第一	刘 正 编著	16.50
心灵牧场	[美]米德尔 著	19.80
日常的佛心	云 峰 编著	26.00
凯尔特智慧	[美]约翰·多诺修 著	25.00
最富人生哲理的20篇童话	[美]爱德华 著	29.80
圣诞盒子	[美]保罗·伊文思 著	16.80
富兰克林的智慧	[美]约翰·霍姆斯 著	22.00
爱因斯坦的智慧	[美]约翰·霍姆斯 著	19.80
时尚生活		
柠檬物语	殷 彤 著	15.00
在路上：200个感动的风景瞬间	艾伯华 小侬 著	28.80
名摄影师眼中的世界（彩色卷）	正 杰 编译	28.80
名摄影师眼中的世界（黑白卷）	云 峰 编译	19.80
内衣，魅力女人的秘密故事	[德]艾娃 著	22.00
鞋子，女人简简单单的恋	[德]叶玲郝斯 著	22.00
球殇：阿里汉的悲情中国行	马德兴 著	20.00
枕边书系列		
爱是无尽的感动（枕边书1）	叶倾城 编译	15.00
人生是快乐的期待（枕边书2）	叶倾城 编译	15.00
你也可以创造传奇（枕边书3）	叶倾城 编译	15.00
用智慧圆满生活（枕边书4）	叶倾城 编译	15.00
大众经管		
重新想象（精）	[美]汤姆·彼得斯 著	118.00
重新想象（简）	[美]汤姆·彼得斯 著	58.00

凡从本地址订购以上任何种类的图书，读者可享受八八折优惠，邮费由我公司承担。

购书满200元，可自动成为我公司书友会会员，除不定期收到公司图书目录，购买任何本公司经销的图书可享受八零折优惠。

邮购联系人：陈嫡
联系电话：010-65949715／16／17 转 810　　　传真：010-65949385
邮局汇款地址：北京市朝阳区红庙华商大厦918室　　邮编：100025
收 款 人：北京华章同人文化传播有限公司
公司网址：www.alpha-books.com
电邮地址：sales@alpha-books.com

这是一部真实的青春爱情小说。在大学里，曾锦瑟和索谓成为最要好的朋友。曾锦瑟是该大学古董级教授曾书伦的女儿。两个小女子在课堂上初次相识，便觉得彼此心意相通，几次交往之后她们已成无话不谈的知己。家明，宝蓝色跑车的"家长"，是索谓的男朋友，这对校园情侣被同学们称为"爱情风景线"。在参加过曾家举办的一场舞会之后，宝蓝色跑车的"二主人"竟然变成了锦瑟，而索谓竟成了曾教授夫人——本大学学分最好修的那个老家伙的妻子……

索谓，这个似水般淡定、纯情的女孩，成了昔日知己曾锦瑟今日的继母！曾经心灵相通的男友也成了昔日闺中密友的爱人，这样的情感变化会有怎样的结果？这一切变化又是为何原因？是曾家父女心性狡诈，还是索谓、家明太过纯真善良？是人心人性本就邪恶，还是至真至纯才是世人的本性？

整部作品书写了十余篇这样的故事，透过每一个故事，前面的疑问便不言自明。

《年华，恍然》
麻宁 著
重庆出版社
ISBN：7-5366-7319-1/I · 1267
定价：20.00元

在80后作者中，蒋峰绝对是个"异数"。其传奇性的经历，对外国小说的痴迷阅读，铸就了蒋峰小说的独特魅力。本书一如既往地保持了蒋峰文字的鲜明风格，文字亦庄亦谐，理性中见幽默。作者的文字功力，具有成人文学中的深刻与尖厉。

书中所选作品形式多样，内容丰富，收录了作者创作的文学评论、电影评论、小说、散文等25篇作品，在构思、评述、创意等方面突显才华。

本书以独立的文风、设计和品位，饱含对激情生活的梦想，必然再次引发青春文学的热潮。

《才华是通行证》
蒋峰 著
重庆出版社
ISBN：7-5366-7317-5/I · 1265
定价：20.00元

作为80后一代的作品,本书并没有外界眼中叛逆、愤青、放纵、愤世嫉俗这些标志着80后的标签。本书所选小说描述了当代年轻人的爱情故事和人生感悟,当爱情在书中主人公的心田中滋长时,欢乐与曾经的泪水都化成一缕微风飘落在美丽的青春记忆中。书中文字清新、散淡,像一个精灵,在水蓝蓝的天空中轻舞,带着青春少年对爱情、对人生淡淡的微笑与忧伤,是近年来不多见的以文风见长的青春类作品。

《我们都寂寞》
王皓舒 著
重庆出版社
ISBN:7-5366-7318-3/I · 1266
定价:20.00元

这是一部真实的校园体验小说。一群大学校园内外的年轻人,以各自的方式书写着自己的青春。

林鹤鸣,一个俊秀少年,独自来到北方的一所大学,就读于中文系。性情淡定的林鹤鸣,与一群才华同窗——"诗人"刘默、"梁山兄弟"许英杰、"优雅时尚"的李倩、"前卫美女"陈依萍、"古典才女"史小慧,一起演绎了一段纯真的爱情。他们性格迥异、志向也大不相同,面对着情感的分合,甚至是心仪的他已成了知己的情人,昨日曾海誓山盟的女友已变做朝夕相处、患难与共的兄弟的知己,这群风华才子将怎样释平内心的痛,又将做何感想呢?

与此同时,处身于芜杂的社会之中勾画自己人生的他们,在时下与未来的缝隙里,是困惑迷茫,是安于现状,还是奋力突围呢?

这部小说通过校园生活的点滴细节,呈现了一幅完美的成长画卷。作品中的人物,忽然间两手空空,转瞬间又满载而归!有时觉得自己困惑无助,蓦然间又觉得豁然开朗。这是怎样的感受,或许这句话正可作为最好的诠释:将生活的无奈一丝丝剥开,就能看清自己梦寐以求的未来!或许你还能发现,自己也正是这样一路走来!

《迷途》
郭丹 著
重庆出版社
ISBN:7-5366-7320-5/I · 1268
定价:20.00元